傲慢皇子と叛逆の花嫁

AKUTA KASHIMA
鹿嶋アクタ

ILLUSTRATION 石田 要

CONTENTS

1

夜空に千の花が咲く。金、銀、赤、青、緑、色とりどりの閃光が薄暗い部屋を一瞬照らす。

ノア・ティーチ・ビートはベッドの中で半身を起こし、豪奢な花火を横目で眺めた。

（あの花火一発で金貨百枚とは豪勢なこって。まあ、今日はこの国の大事な大事な皇太子様の誕生日だからな。これくらい当然といえば当然か）

ここはカルナ＝クルス、黄金の国。三千年以上続く王朝はこの超帝国以外どこにも存在しない。今日はその皇太子の誕生祭なのである。

幼いノアにとってここカルナ＝クルスはお伽噺の国と同義だった。

大帝アステリオスの冒険譚を知らぬものはどこにもいない。大帝は聖剣で恐ろしいひとつ目の巨人を見事討ち果たし、この地を治めていた大地の精霊と契約を交わした。

この話が単なるお伽話ではない証拠に、カルナ＝クルスの帝王たちは代々魔法を使って国を統べているのだった。

帝国軍は王の魔法の庇護を受け、三千年ものあいだ無敗を誇っており、帝都は夜であっても決して暗闇に包まれることはない。魔力によって灯される街灯は、帝王が崩御したときのみ光が落とされるという。

（そういや現帝王は病に伏せりがちだと聞く。皇子も成人したことだし、そろそろ世代交代か）

大広間にいた姫君たちがそわそわしていたのは、今回のパーティーが皇子の花嫁探しを兼ねていると噂されているからだ。さきほどちらりと見かけた皇子は、金髪が目に眩しいいかにもお高くとまったハンサムだった。

彼に見初められる女性は、世界で一番幸福な花嫁になるだろう。

（おっと、世界で一番の花嫁じゃなかったな。なんたってこの俺、ノア・ティーチ・ビートに見初められた女が世界で一番幸福な花嫁になるんだ！）

確かにこの国の皇子のほうがノアよりもずっと金持ちだろう。しかし裕福であるからといって、幸せであるとは限らない。己の母親を見てきたノアはそう思うのだ。

埒もないこと考えているうちに、花火はとっくに終わっていた。窓ガラスに己の姿が浮かび上がる。

髪は鴉の濡れ羽色で、滑らかな象牙色の肌に、強い輝きを放つ藍色の瞳。母親譲りの美貌だが、貧弱な印象は一切ない。優美な耳飾りは祖父の形見で、月明かりを反射して冷たい輝きを放っていた。

十四の頃より従騎士として軍に仕え、十八歳で正式な騎士となった。背中まで伸ばした髪はその証である。騎乗の技術も剣技も、母国ソウラでは随一と呼び声が高かった。

訳あって今は放浪の身だが、それもおしまいだ。ノアは腕の中の姫を眺め薄く笑った。

階下では今も舞踏会が開かれており、各国の紳士淑女が踊りや談笑に勤しんでいる。そんな華やかな会場から抜け出して、ノアはひとりの美女を二階の空き部屋に連れ込んでいた。

本来ノアは肉付きのいい女が好みである。だが彼が空き部屋に連れ込んだのは華奢(きゃしゃ)で小柄な女だった。

(一国のお姫様がこんな簡単に誑(たぶら)かされていいものかね)

女は田舎者(いなかもの)のノアでさえ名を知っているアイロス王国の姫君だった。彼はある目的のため大国の姫君に近づいたのである。

(この姫を娶(めと)れば、俺は次期アイロス王だ。確か彼女に男の兄弟はいなかった筈(はず)だからな)

既成事実は作った。あとはどう話を持っていくかである。とにかく一度舞踏会の会場へ戻ったほうがいいだろう。姫の従者がそろそろ騒ぎ出す頃だ。

下着はどこに脱ぎ捨てたのだったか。ノアがあたりを探っていると、裸の腕がするりと首にからんできた。柔らかな膨(ふく)らみがぎゅっと背中に押し付けられる。

「もう、お帰りでしょうか?」

「そうだなあ……」

迷うふりをしながらノアは女の髪を優しく撫でた。指通りのいい美しい髪だ。金も手間もふんだんにかけられているに違いない。

(金髪だったらなおよかったんだが……)

彼女の胸は薄く、髪は淡い栗色で、ノアが手をつけた時点で生娘(きむすめ)ではなかった。

だがそれがなんだというのだろう。性格は従順で顔立ちは飛び抜けて美しい。そのうえ彼女はアイロスの姫君なのだ。それだけで金貨千枚、いや二千枚に値(あたい)する。

カルナ＝クルスほどではないが、アイロスは大変裕福な王国なのだ。王になること、ただそれだけを望みノアは己の祖国を捨てたのだ。夢の実現まであともう一歩といったところか。

「君はどうしたい？」

とびきり甘い声で囁いてやる。姫は小首を傾げた。栗色の髪がさらりと裸の肩に流れる。

「騎士様に、お任せ致します」

火照った顔で屈託のない笑顔を浮かべてみせる。健康な男であれば誰しもぐっとくるだろう。勿論ノアも例外ではなかった。ノアはおどけた調子で相手に告げる。

「それでは美しい姫君、私と再戦をお願いできますか」

滑らかな頬をそっと撫でると、相手は瞳を潤ませた。ノアの身体にも一気に火が灯る。

「どうか俺を君の王に」

気障な台詞は花火の音でかき消されたが気にしない。甘い口づけは千のことばよりも雄弁だからだ。優しく頬を包み、そっと顔を近づける。

そのとき、ふたたびドンと大きな破裂音が耳に届いた。ふたりは同時に身体を竦ませた。

（まったく、なんて間の悪い）

姫は気にしていないようで、ノアを見上げてにっこり微笑んだ。ノアは姫をベッドに押し倒す寸前で動きを止める。

「ちょっと待て。なにか様子がおかしくないか」

ガン、ガン、ガン。今更気がつく。この音は花火が鳴っているのではない。扉を激しくノックする音だ。ノアは慌ててベッドから抜け出した。

（いくら招待客とはいえ、勝手に部屋を使っていたのがバレたら大目玉だ）

外にいるのは城の見張りだろうか。ただの衛兵であれば、小金を握らせれば大丈夫かもしれない。だがもしも偏屈な家令だったら、少々厄介なことになりかねなかった。

とにかく身支度を整えなければ。そう思うのに、衣服をあちこちに脱ぎ散らかしたせいで見つけるのにひと苦労だ。

ノアは見つけた肌着を手早く身につけた。次に少々皺になったブラウスを見つけ肩に引っ掛ける。部屋の中を忙しなく動き回るノアを姫はぼんやりと眺めていた。ベッドに腰を下ろしたまま、衣服を探そうともしない。さすがに見かねてノアはシーツを引っ張って、相手の身体を隠してやった。

「あんたなあ……」

言いかけたところで、ベッドの脇に落ちていた下穿きを発見する。慌てて身につけていると、男の怒鳴り声とともに再三扉をノックされた。

「ここを開けろ！　誰の許可を得てこの部屋を使っている！」

ノアが答えるのに躊躇していると、姫君が口を開きかける。

「静かに！」

小声で咎めると、姫は大きな瞳をぱちくりとまたたかせた。素肌を人に見られて困るのはノアよりも彼女のほうではないのか。

コルセットを締めることは諦めて、ドレスを頭から被せてやる。姫は恥じ入る素振りなど一切見せなかった。ノアが世話をして当然といった態度だ。

「ちょっとは急げよ。早くしないと外の野郎に色々見られちまうぞ」

着替えにしても入浴にしても、いつだって多くの付き人が彼女の世話を焼くのだろう。そんな環境にあれば羞恥心が育たなくても当然だ。

「……まあ、あんたが気にしないなら俺は構わないけどさ」

真紅の豪奢なドレスは背中が紐で編上げになっている。ノアはもっぱら脱がせるのが専門で着せるのは苦手だった。

「こりゃ、お手上げだ。……おい、今ドアを開けるからちょっと待て！」

ノアが外に向かって怒鳴るのと、扉が破られたのはほぼ同時だった。

凍りつくノアたちをよそに、兵士がふたり部屋に踏み込んでくる。ノアと姫の姿を見て彼らは気まずそうな顔をした。

そのあとから女がひとり転がるようにして入ってきた。いでたちからすると、女は招待客ではなくその侍女のようだった。

「姫、ミーナ姫様、ここにいらっしゃったのですね！　ご無事でよかっ……ひぃ」

侍女は己の主人を見て絶句する。申し訳程度に肌は隠しているものの、着乱れた格好で寝台の上にいるのだ。結った髪はほつれ、シーツはあちこち染みになっている。

侍女は信じられないといった顔で己の姫を見て、次にノアを見て悲鳴をあげた。

（なんてうるさい女だ！）

小柄ななりに似つかわしくない声量だ。少し黙らせたくてノアは侍女の口を手で塞ごうとした。しかしそれは逆効果だった。半裸の男に迫られて、侍女は一層大きな悲鳴をあげた。

「おい、静かにしろって」

負けじとノアが声を張り上げると、女は大袈裟(おおげさ)なくらいその身を竦ませた。

「いやあ、こっちに来ないで！　姫様だけじゃ飽き足らず、この私まで犯す気ね」

「違うって！」

侍女はすぐそこで傍観(ぼうかん)していた兵士たちを睨みつけた。

「なにをしているのあなたたち！　早くその男を捕まえて！　姫に狼藉(ろうぜき)した暴漢(ぼうかん)なのよ！」

ノアは思わず舌打ちした。我に返った兵士たちが一斉に襲いかかってくる。

それなりに訓練されてはいるようだが、ふたりがかりでも所詮ノアの敵ではなさそうだ。

（……とはいえ、ここで俺がやり返せばもっと面倒なことになりかねん）

こちらが抵抗しないのを見てとると、兵士たちは明らかに馬鹿にした目つきでノアを見た。情けない男だと言いたげに、ノアの両手を麻紐で括りあげる。

「なあ、話を聞いてくれないか。俺が姫様を襲ったなんて誤解だ」

こんな状況でもノアはこころのどこかで楽観していた。順を追って説明すれば、すぐに誤解は解けるだろう。

がやがやと急に廊下が騒がしくなる。激しい怒声と、甲冑(かっちゅう)が擦れる音。衛兵が騒ぎを聞いて駆けつけてきたらしい。

（参ったな。ずいぶん大騒ぎになっちまった）

この場から逃げだすべきか、ほんの一瞬だけノアは迷った。

しかし疚しいことなどないのに逃げるのはおかしい。堂々とこの場に残って、衛兵と勘違い侍女にきっちり説明するべきだ。

「おい、逃げないから服を着させてくれ」

兵士はノアを見てチッとちいさく舌打ちした。それを了承の合図と取り、ノアは不自由な手でベッドの下に半分入り込んでいた己のズボンを引っ張り出した。

それから四苦八苦しながらそれをどうにか身につける。

「いいか、俺とこの姫君は合意の上で結ばれたんだ。俺がふたりきりになりたいと誘ったら、彼女は喜んでついてきた。我が愛しの姫君よ、あなたからも彼らに説明してくれないか？」

ノアが姫に水を向けると、侍女が半狂乱で喚きだした。

「黙りなさい、この汚らわしい強姦魔！　姫様があんたについて行くわけないでしょう　誰かその男の口を塞いで頂戴！」

侍女が憎悪のこもった眼差しをノアに向ける。言い返そうとした瞬間、衛兵に背後から床に引き倒された。打ちつけた肩の痛みに思わず呻く。

「おい！　主人の招待客を手荒に扱うのがこの国の流儀か？」

すかさず侍女が口を挟む。

「あなたが招待客ですって？　おお、なんて厚かましいのかしら！　この男のことばを聞いていると耳が腐りそう。誰でもいいから早く黙らせなさい！」

ノアがつづけようとしたところ、口の中に無理やり布を詰め込まれる。吐き出そうとしたが、麻紐で猿轡をされてしまった。

「おい見ろよ、こいつ絹の靴下なんか履いてやがる」

なんと兵士がノアの口に詰めたのは、本人の靴下だった。残ったもう片方の靴下を指先で摘んでいる。あまりの屈辱にノアの視界が赤く染まった。

「ははは、色男が台無しだな。ピカピカの耳飾りに女みたいな髪、この肌艶といい、どこその男妾かねえ？」

仲間のことばに兵士たちは違いないと頷き合った。耳飾りに触れようとする指から首を振ってなんとか逃れる。

「図体はでっかいが、この面だ。牢屋にぶち込んだら一晩で囚人どもに壊されちまうぞ」

無礼な相手を睨みつけると、衛兵のひとりがわざとらしく笑い声を立てた。

「あんたは女専門かい？　慣れりゃ男も悪くないって聞くぜ。楽しめるといいな」

侍女が何度か咳払いをしてみせると、兵士たちは軽口を止めた。彼女はまるで虫ケラでも眺めるようにノアのことを見下ろした。

「あなたたち、呑気にお喋りしてないで早くここからその男を引きずり出して。同じ部屋の空気を吸うのもぞっとするわ」

衛兵に手荒く引き立てられ、ノアは苦痛に呻いた。部屋の外へ引きずりだされると侍女によって無慈悲に扉が閉ざされる。

侍女の肩越しにアイロスの姫と視線がぶつかった。姫は笑顔でノアに向かって手を振った。果たして彼女は事態がわかっているのだろうか。

左右と前後を兵士に囲まれて廊下を進む。ノアの右にいた兵士が口を開いた。

「牢屋番が戻ってくるまであと半刻か。今は舞踏会の最中だし、取り敢えず適当な部屋にぶち込んでおこう」

ひとりが頷き、ちょうど差し掛かった扉に手を伸ばした。

「確かここが空き部屋だった筈だ」

男のことばどおり、部屋の隅に花瓶がふたつと木箱がひとつ置いてあるほかは家具らしきものはなにもなかった。

ノアを部屋に押し込めると、見張りをふたり残し他の男たちは去ってゆく。このまま放置されては堪らないとノアは必死に猿轡を外すように訴えた。

「んんー！　んー！　んー！」

男のひとりは放っておけ、と先に部屋を出てしまったが、残った兵士は面倒見のいい男だったようで口の麻紐を外してくれた。

涎を吸って重くなった靴下を吐き出して、ノアは男を仰ぎ見る。

「……一応、感謝しておこう」

息を乱しながら強がるノアを見て、男は少々呆れた様子だ。

「俺にはまったくわからんね。あんたはいい服を着て、散々美味いもんを食ってきたんだろう。誰もが欲しがるもんに囲まれながら、何故全部手放そうとする？」

兵士のことばはある意味正しく、ある意味では間違っていた。だからノアは答えた。

「どうしても叶えたい夢があったのさ。それに今回の件はちょっとした手違いなんだ。お互いちゃんと話せば解決する筈だ」

己で訊ねておきながら兵士は興味なさそうに「ふーん」と短く相槌を打った。

「おい、聞けよ！　自慢じゃないがな、俺は今まで一度だって女を無理やりどうこうしようとしたことなんかない。女が選ぶんじゃなく、俺が女を選んできたんだ！」

「まあ、嘘は言ってないんだろうがな、色男さんよ。あんた、いったい誰に手を出したのかわかっているのか？」

どこか憐れむような相手の眼差しに、ノアは戸惑った。生まれてこの方、そのような目つきでノアを見るものは誰もいなかった。

「誰って、アイロスの姫君だろ。彼女と懇意になったのは合意の上だ」

「この際合意だろうとそうじゃなかろうと、たぶん大した違いはないだろうさ」

「そりゃ、いったいどういう意味……」

兵士はノアから視線を逸らし、ふうとため息をつく。その態度を見てノアは、己が想像するより事態は遥かに深刻なのかもしれない――そう思い始めた。

「アイロスの姫君はな、我らがレオス皇子の婚約者なんだ」

「え？」

「今日のパーティーは皇子の成人と婚約をお披露目する予定だったんだよ」

一瞬聞き間違えたのかと思った。レオス皇子、つまりカルナ＝クルスの皇太子だ。その婚約者が彼女であると？

待ってくれ、とノアは言いたかった。待ってくれ、まさかそんな筈がない。

（レオス皇子と婚約？　だったら彼女は何故、俺の誘いに乗って褥をともにした？）

己の婚約発表の場で浮気をする姫がどこにいる。カルナ＝クルスは世界でもっとも豊かで強大な国だ。

その未来の王たるレオス皇子を袖にして、ぽっと出の田舎騎士に靡く女性などいないだろう。

つまりいくらノアが和姦を主張したところで、信じるものなどいないということだ。

いつのまにか兵士が部屋を出て行っていたが、気づかなかった。文字通り茫然自失の状態だ。

「嘘だろ、こんな。こんなのって……」

自分でも知らないうちにカルナ＝クルス家に連なる筈の人間を傷物にしてしまった。場合によっては死罪になるかもしれない。絶望のあまり目の前が暗くなる。

（王となるために国を出た筈が、牢獄に繋がれ囚人として一生を暮らすのか）

ノアにとってそれは死刑宣告と同義であった。馬とともに野を駆け剣を振るう。どんなに上等な衣服に身を包んでも、それこそがノアの本質だ。

（くそ、ぼうっとしてる場合じゃない！）

落ち込むところまで落ち込むと、次第に腹が立ってきた。尻の軽い姫君と逢瀬を楽しんだだけで罪人になるのはまっぴらだ。

無意識のうちにノアは腰に手をやっていた。いつもなら剣の柄が指に触れる筈だが、今日は舞踏会のために従者に預けてある。

（どこかに逃げ道はないか）

扉の向こうでは兵士たちが見張りをしている筈である。ノアの腕前を持ってすれば、たとえこちらが素手であってもひとりふたりくらいなら倒せるだろう。だが仲間を呼ばれたら厄介だし、そもそもここを見張っているのがさっきのふたりだけとは限らなかった。

（だったら窓から逃げてやる……）

不自由な手でなんとか鎧戸を開けると窓にはガラスが嵌っていた。こんな時なのにノアは感嘆せずにはいられない。

彼の生まれ故郷ソウラでは、たとえ城であっても窓にガラスが嵌っているのは王族の寝室だけである。一方この城はすべての窓にガラスが使われているらしい。さきほどアイロスの姫を連れ込んだ空室もそうだった。花火も窓ガラスも、カルナ＝クルスが豊かな証拠だ。

ここはすべてが洗練されている。建物も住んでいる民も、着ているものさえまるで違う。

別に己の生まれを恥じたりはしないが、違うものはやはり違う。

窓にへばりつくようにして、ノアは地上を見下ろした。最悪足の骨くらいは折れるかもしれないが、死ぬことはないだろう。

ノアは見張りの位置を確認した。

（見える範囲に三人か。剣がありゃ、なんとかなりそうなんだが……）

無意識のうちに視線が扉のほうへ向く。腰に剣を携えた兵士がすぐそこにいるのだ。

（まずはあいつらの剣を奪うか）

ノアが計画を立てていると、なんの前触れもなく扉が開いた。

呆気に取られているノアをよそに相手は無遠慮に部屋の中へと入ってくる。

無意識にノアはその場から後退った。

「我が未来の妃を奪った盗人は貴様か。どんなふてぶてしい輩かと思えば、とんだ若造ではないか」

普段のノアであれば初対面の人間から若造呼ばわりされたら、怒り狂った筈である。だが彼は今もっと別のことに気を取られていた。

（黄金の瞳！　ということはこいつが……）

その瞳――金色の瞳は世界中でカルナ＝クルス家の人間のみが持つものだ。それは精霊の加護を受けたものだけに与えられた徴であり、この世でもっとも高貴な血が流れているという証でもあった。

（レオス・アマルナ・カルナ＝クルス……！）

ノアは騎士団の中でも長身の部類だったが、そのノアが彼と目線を合わせようとすると少し見上げねばならない。

身にまとっている純白のマントは裏側に兎の毛が貼り付けられ、裾には金の刺繍が施されていた。上衣はマントと同じ白、ズボンは目にも鮮やかな赤で、疵ひとつなくぴかぴかに磨かれた革の長靴を履いている。どれも豪奢で見事だ。

短く整えられた金髪は白に近く、目に眩しいほどである。乳白色の肌は、ノアが今まで見てきたどの女よりも滑らかで美しい。切れ長の瞳は冴え冴えと輝き、鼻梁は細く尖り、形のよい唇は引き締まっている。

眺めていると肌が粟立つような美貌だ。

（こいつ、本当に人間なのか？　これではあまりにも……）

神話やお伽話に登場する、人ならざるもののようだ。畏怖なのか畏敬なのか、ノアは己の膝が震えていることに気づく。初陣でさえこのように怖気づいたことはなかった。

「どうした、余の言葉がわからぬか？　公用語も話せぬとは……とんだ田舎者が宴に迷い込んだらしい」

いっそ優しいと錯覚しそうな話し方だった。

「確かに俺は田舎者だが、公用語はわかる」

レオスがその黄金の瞳を細めてみせた。彼の不興を買ったようだ。本来であればノアは床に額を押し付けて彼に許しを乞う立場である。頭ではわかっているのだが、どうにもいけすかない男なのだ。

（こいつ、レオス皇子だよな。ひとのこと若造呼ばわりしやがって。今日二十歳になったあんたよ

り俺のほうが三つも年上なんだぞ！）

だが知らなかったとはいえ、ノアはレオス皇子の婚約者を寝盗ってしまった。姫側がノアに暴行されたと主張すれば、死罪を宣告されてもおかしくない立場だった。

（むしろ俺の命ひとつで事が収まるならまだマシだ）

最悪の場合、ノアの母国ソウラとこのカルナ＝クルスが戦争になる可能性だって考えられた。それは――それだけは絶対に避けなければならない。

「名を告げよ、盗人よ。そなたの声で我が耳を汚すことを許そう」

耳を汚すときたか。さすがに文句を言いたくなった。だがノアは怒りを堪え、名乗った。

「ノア・ティーチ・ビートです、殿下」

レオスが首を傾げると、黄金の髪がさらりと揺れた。

「ビートなどという貴族はいない。貴様、いったいどこから紛れ込んだ？」

皇子のことばにノアはさっと目を伏せた。己の出自を恥じたのではない。怒りで相手を睨みつけそうになったせいだ。

（顔だけは死ぬほど綺麗だが、俺はコイツが大嫌いだ！）

ノアはぐっと奥歯を食いしばった。彼のような傲慢(ごうまん)な人間に、ノアの母は馬鹿にされ傷つけられてきたのだ。

「まさか婚約者を賤民(せんみん)に寝盗られるとはな。一千年先まで笑い者にされそうだ」

ぼやくレオスについおもてを上げる。相手は皮肉げな笑みを浮かべていたが、その目はまったく笑っていなかった。

レオスの手が腰に差した剣に触れる。白い指が柄を掴み、躊躇なく引き抜いた。その刃の冴えた輝きに、ノアは己の命を惜しむことさえ忘れる。

（凄い、なんて美しい剣だ）

ぬめるような独特の輝き、月の光をそのまま固めることができたなら、このような刃になるのではないか。そこまで考えて、ノアは思わずハッとした。

「柄に埋められた紅玉（ルビー）、刃に刻まれた魔除けの古代文字、その剣は聖剣レヴィルだな！　アステリオス大帝がひとつ目の巨人を倒した際に使ったと言われる伝説の剣！　まさか、この目で見ることが叶うとは……」

幼き日々、寝物語に何度も乳母に読んで貰った冒険譚が蘇（よみがえ）る。感激のあまりノアはその身をおののかせた。そんなノアを見て、レオスは目を眇（すが）める。

「いかにも、これは始祖（しそ）様より受け継がれし宝剣レヴィルである。巨人殺しは伊達（だて）ではないぞ。貴様の首など一振りで跳ね飛ばしてくれよう」

己の鼻先に突きつけられた刃をノアはうっとりと見入った。

「ああ……やはり刃はオリカルクムなのか。それも混ざりものなしの純正オリカルクムの刃だ」

濡れたような独特の輝きを放つオリカルクムは、世界でもっとも希少な鉱石だ。希少なだけではなく、オリカルクムを砕けるのはオリカルクムしかないと言われ、鍛えれば龍の鱗（うろこ）を貫（つらぬ）くとさえ謳（うた）われている。

オリカルクムを剣の材料にする場合、通常は鋼に極少量を混ぜて使う。だがこの聖剣レヴィルはオリカルクムのみで造られているようだ。その証拠にレヴィルを翳すとうっすらと向こうが透き通って見える。

同じ分量で金の百倍の値がつくと言われるほど、オリカルクムは高価な鉱物だ。そのうえ精錬するにも特別な技術が必要で、現在オリカルクムを扱える人間は全世界で片手ほどもいないと言われている。

ましてやオリカルクムのみで刀を作る技術など、数千年前に失われたきりだ。

（ああ、信じらない！　まさか実物をこの目で見られるとは……）

一度でいい、このような剣を戦で振るってみたい。命の心配さえ吹き飛ぶほど、騎士の血が激しくざわめいた。

「貴様、余に刃を向けられているというのに何故惚けた顔をする？」

気がつけばレオスが呆れた顔でこちらを見ている。興奮冷めやらぬままノアは答えた。

「まさに聖剣の名に恥じぬ素晴らしい剣だ！　噂には聞いていたがこれほどとは！　見せてくれて……その、ありがとうございます」

夢中で話していたが、ふと己の立場を思い出す。ノアが口を噤むとレオス皇子は無言で片眉を跳ね上げた。本格的に相手の機嫌を損ねたらしい。

もともとノアは誰かにおもねるのが苦手な質だ。こんなときどうやって相手のこころを解せばいいのか見当もつかない。ピンと張り詰めた空気がどうにも居た堪れなかった。

その沈黙を破るように、レオスがこちらへ一歩踏み出した。反射的にその場から後退る。

まるで気にした様子も見せず、また一歩レオスがこちらに近寄ってくる。凄まじい威圧感だ。自分以上の長身だからというのもあるが、やはり身に纏（まと）う空気が常人とはあまりにも違いすぎる。

「これは……？」

雪のように白い指が伸ばされる。ノアが固まったのをいいことに、皇子の指は遠慮なく耳朶（じだ）に触れてきた。涙型の耳飾りがちゃり、と涼やかな音を立てる。

「ほう、これはまた……」

ちいさく呟き、レオスは耳飾りとノアの瞳を交互に眺めた。

男でしかも気にくわない相手だが、近くで見るとやはり凄まじい美形だった。己の意思とは無関係に、血が頬に集まってゆく。

（くそっ）

なんの気配を察したのか、ふいにレオスが扉のほうへと顔を向けた。しばらく待っていたが、特に何も起こらない。

ノアも彼を真似て外の気配を窺った。物音はなく、なにも感じない。

レオスが片頬を僅かに歪めた。それが笑顔なのだと気づいた瞬間、レオスがふっと目の前からかき消えた。

「……えっ？」

驚きのあまりノアは腰を抜かしかける。胸が狂ったように早鐘を打つのを、深呼吸をしてどうにか落ち着かせた。

よく考えたら彼はカルナ＝クルス家の人間だ。つまり魔法を使って己の姿を消したのだろう。

（透明になっただけか……それとも別の場所へ行ったのか？）

宙に手を伸ばし、皇子がいないか確認する。こう見えてもノアは戦士の端くれだ。勘を頼りにあたりの様子を探ってみたが、レオスの気配は感じられなかった。

「……」

ぐるりと部屋を見回してみる。すると窓ガラスに己の姿が映った。そのなんとも情けない表情に、ノアはふっと我に返る。かつてソウラの一番槍と呼ばれた男が、あまりにも無様だ。

「レオス皇子、見えなくともそこにいるのはわかっているんですよ」

自信たっぷりに語りかけてみる。当然ながら返事をするものは誰もいなかった。

ノアは眉間（みけん）を指で揉みほぐした。アイロスの姫の件からこちら、頭が変になりそうだ。

「何がカルナ＝クルスの皇子だ。ちょっと魔法が使えるからって偉そうに！　あんたの婚約者、俺がちょっと声をかけたら喜んでついてきたぞ。あんた、女を見る目ないな」

自分も引っかかったことは棚にあげ、好き勝手に言ってみる。

「顔だってまあ、悪くはないけどよ、女には俺のほうが絶対に受けるだろ。あんたが女だったら絶世の美女だったのに、惜しかったな」

これだけ言っても現れないということは、レオスはこの部屋から消えたのかもしれない。

勢いで言ったことばも、実のところ半分ノアの本心だった。しばしのあいだ妄想に浸る。

（色の白い女は好きだ。それにあの髪、あの瞳……女にしちゃ背がちょっと高すぎるが、体格のいい女は嫌いじゃない。それにあれだけの美形だったら釣りがくる）

そこまで考えてノアはさすがに虚しくなった。現実にはレオスは男で、自分も男だ。結婚どころか今は投獄されるか否かの瀬戸際である。

（そういえば、ここから逃げようとしてたんだよな）

レオス皇子本人が登場したせいで、当初の目的をすっかり忘れていた。出会い頭に首を刎ねられなかっただけでも僥倖だろう。

改めて部屋から脱出しようと考えていると、突然扉が勢いよく開いた。

「ノア！　こんなところにいたのか！」

入ってきたのは見知った顔だ。ノアは縛られた手を掲げてみせた。

「よおクラカか、遅い登場だな」

クラカはノアの従者で、母の代からビート家に仕える五十絡みの男だ。痩せぎすだが人並み外れた長身で、レオスよりも頭ひとつぶんほど背が高い。

クラカはピリピリした様子で背後を窺ってから、滑り込むように部屋の中へ入ってきた。ノアの無事を認め頬を緩めたが、次の瞬間クラカは眦をつり上げた。

「アイロスの姫を拐かした大馬鹿者がいるそうだ。この国の皇子の婚約者のな！」

従者と言ってもクラカはノアの養父に近い。多忙な父に代わって、礼儀作法や騎士のなんたるかを教えてくれたのはクラカだ。ノアにとって母親の次に頭の上がらない相手である。そのクラカに胸ぐらを掴まれんばかりに迫られて大いに弱った。

　ノアは鼻を鳴らして言った。

「俺だってあの姫がレオス皇子の婚約者だって知ってたら引っ掛けてないさ。そもそもあのお姫様は処女じゃなかったし、俺と一回寝たくらいなんだってんだよ。いい大人が揃いも揃って大袈裟すぎるぞ」

「口を慎め、ノア。そんな話、もしも皇子の耳に入ったら本気で八つ裂きにされるぞ」

「耳に入ったらも何も、さっきまでその皇子本人がここにいたんだがな」

「なんだと……」

　クラカは絶句し、まるで亡霊でも眺めるような目つきでノアを見た。

「レオス皇子は、その外見からは想像もできぬほど気性の激しいお方と聞く。おまえさん、よくもまあ五体満足でいられたな」

「気性が荒いというか、まあ偉そうではあった」

　ノアのことばにクラカは片手で額を覆った。こめかみには青筋が浮いている。

「偉そうではなく、偉いんだ！　まったく下手をすれば戦争になりかねんぞ。ここはひとつ我が王に頭を下げて、なんとかとりなして頂くしか……」

　己の従者をノアは思い切り睨みつけた。

「アレに頭を下げるくらいなら、あの高慢野郎に首を刎ねられたほうがマシだ。そもそも戦争になるったってこっちの素性を明かさなければいいだろ。この首ひとつで祖国が守れるなら安いもんさ」

あからさまにため息を吐き、クラカは首を左右に振った。懐からナイフを取り出して、ノアの両手を縛った縄を切る。

「悲壮な覚悟は結構だが、おまえが皇子の婚約者に手を出さなければ問題なかったんだぞ」

「だから……それは悪かったって」

唇を尖がらせノアは謝罪らしきことばをようやく告げた。

「まあ、自分のケツくらい自分で拭くさ。おまえは巻き込まれないうちに国へ帰れよ。また母さんの従者に戻ればいいだろ」

「馬鹿を言うな。主人を残しておめおめ国になぞ帰れるか。それにいくらおまえが黙っていたっていずれ正体は明らかになる。そのときソウラとカルナ＝クルスがどうなるか……」

「バッ、だから国の名前を出すなって！」

ノアは慌ててクラカの口を手で塞いだ。きょろきょろあたりを見回すが、部屋にはクラカと自分のほかは誰もいない。

だがここはカルナ＝クルス、魔法と陰謀の国なのだ。どこにひとの耳があるかわからない。

「……ノア」

呆れた素振りだが、クラカの声は優しい。ノアの身を本当に心配しているのだろう。

聞こえない振りでノアはそっぽを向いた。我ながらずいぶん子供っぽい態度だと思う。

口では威勢のいいことを言っているが、本当のところ拷問も処刑も嫌だ。囚人と一緒に牢屋に投獄されるのもまっぴらである。

自分の正体を明かさずに、なんとか事を穏便に収める術はないのだろうか。

（ないよな、そりゃ……。ああ、俺に姉か妹でもいりゃ、あの皇子にあてがってやれるんだが）

ノアは四人兄弟の末っ子で、上には兄ばかり三人いる。父の後を継ぐのは兄たちのいずれかで、所詮末っ子のノアは彼らの予備でしかない。

自分の人生を生きるのだと張り切って旅に出たものの、結局はこの体たらくだ。

（もしここから逃げられたとしても、俺は一生お尋ね者か）

だが、とノアは考えた。どこぞの王になる、という当初の目的は果たせなくなるが、牢に繋がれるよりはお尋ね者のほうがマシである。

「そういえば見張りの衛兵はどうした？　よくこの部屋に入ってこられたな」

「廊下にも部屋の前にも見張りの衛兵などいなかったぞ。ついさっき祝典が始まったからそちらに人員が割かれたのじゃないか」

「なんだって。兵士の目印もないのに、どうして俺がここにいるとわかったんだ？」

「言われてみりゃ確かに……。なんとなく、呼ばれた気がしたというか。気づいたらこの部屋を目指していたんだ。長年おまえに仕えてきた勘ってやつか？」

「なんだそりゃ」

あやしい話だが、今はここから逃げることが先だ。ノアは窓の外へ目をやった。なるほど、さきほどいた見張りが消えている。クラカのことばどおりなら大広間の警備へ向かったのだろう。

（皇子が消えたのは祝典に参加するためか）

ノアはカーテンを窓から外し、ロープ状に引き裂いた。クラカの手に端を渡し、残りを窓の外に垂らす。

地面には届かないが、このまま飛び降りるよりはずっといい。

「俺はここから逃げる。昨晩行った酒場は覚えているな？　あそこで落ち合おう」

窓から身を乗り出したノアを見て、クラカは渋い顔をしてみせた。

「昔取ったなんとやらだな。おまえのせいで何人の家庭教師が暇を出されたことか」

「十年も前の話を持ち出すな。そもそも俺は騎士だぞ。ある程度読み書き計算ができればよかったのに、歌やらダンスやら無理矢理仕込もうとするからだろうが」

「習ったダンスが役に立ってよかったじゃないか」

互いに軽口を叩いているが、ふたりとも緊張していた。今からノアはお尋ね者になるのだ。生きてこの国を出られる保証はない。

「おまえに預けていた剣を寄越せ」

クラカが神妙な顔つきでノアが愛用するレイピアとソードブレイカーを腰から外した。まとめて受け取ろうとノアが手を伸ばした刹那だった。

「逃げるつもりか貴様」

忽然とレオス皇子が現れる。思いがけない登場だったが、彼が最初に消えたときほどノアは驚かなかった。だがクラカはよほど驚いたらしく、ノアの隣で腰を抜かしていた。

「あんた、祝典へ参加したんじゃ……」

ノアのことばに涼しい顔でレオスが答える。

「今は影武者が参加している。貴様が勘違いしただけで余はずっとここにいたぞ」

「俺たちの会話を盗み聞きしてたってわけか」

もしかして、わざと人払いをしてクラカがノアのもとへ駆けつけるのを待っていたのかもしれない。

「クラカをここへ来させたのはおまえの仕業か？」

「貴様のことを探していたので導いてやったまでよ。何、礼ならいらんぞ」

ノアは素早く己の従者と視線を交わした。歳のわりにクラカは物事の飲み込みが早い。

突然現れた人物の正体を従者はすっかり理解したようだ。その場で膝を折り頭を垂れた。

「レオス皇子、拝謁の栄誉に預かり恐悦至極に存じます。こちらはノア・コルト・ツァル・ソウラ王子、私はその従者クラカと申します」

口を挟もうとしたノアの袖を、クラカが凄い力で引っ張った。その場に膝をつく格好になったところで、頭を無理やり下げさせられる。

「アイロスの姫君の件は既に伺っております。此度の件についてはノア王子を止められなかったこの私に責がございます。レオス皇子、何卒ご恩情を賜りたく……ノア王子の過ちは我が首、我が血をもって贖わせては頂けぬでしょうか」

黙っていられずノアはおもてを上げた。

「アイロスの姫を抱いたのはこの俺だ！　何故おまえが首を差し出さねばならん！　己の罪は己で

贖う。レオス皇子この身はいかようにして貰ってもかまいません。その代わり、この男は国へ帰してやってください」

ノアの訴えにレオスは顔色ひとつ変えなかった。

「自分が何を言っているのか、わかっているのかソウラの王子よ。ここで貴様の血が流れれば、カルナ＝クルス、ソウラ、両国に亀裂が走ることになるぞ」

「俺はノア・ティーチ・ビート、ソウラの名は国を出るとき王位継承権とともに捨てた。我が身はソウラに連なる者ではなく、市井の人間として裁いて頂きたく」

レオスはしばし沈黙したが、やがてちいさく頷いた。

「それにしてもソウラか……。辺鄙な場所ではあるが、オリカルクムの産地と聞く。その耳飾りにも得心がいった」

我知らずノアは耳朶に触れていた。光の加減によって真珠のようにも金のようにも見えるその耳飾りは、聖剣と同じく純正オリカルクムで作られたものだ。

ノアは無造作に身につけているが、この片方だけで親子三代に渡っても使いきれぬほどの財になる。

ノアが成人した際にソウラ前王より譲り受けたものだった。

ふいにレオスは意地悪く笑ってみせた。

「一国の王子ともあろうものが名を偽り、余を謀ろうとするとはな」

「別にあんたを謀ろうとしたつもりはない。ビートは母から継いだ正式な名だ。侮辱するならいくら皇子といえども許さない」

レオスは冷ややかにノアを眺め鼻で嗤った。

「田舎騎士が、口の利き方に気をつけよ。我が国のギロチンの切れ味を試したいのなら止めはせぬがな」

大きな図体を哀れなほど縮めながら、クラカは必死に言い募った。

「どうかお許しください、レオス殿下。ノア王子は長らく騎士団にいたため、その……庶民的な物言いが出てしまうと言いますか……」

「俺の母は商家の出だ。その息子である俺も宮廷暮らしは性に合わなくてね。寛大なレオス皇子におかれましては、何卒ご容赦賜りたく候」

悪びれないノアの尻をクラカが思い切り抓った。涙目になりながら、小声で従者に反論する。

「仕方ないだろ、俺はもともと貴族や王族連中は苦手なんだ。そのうえコイツは無駄に偉そうだし気にくわないんだよ！」

「おまえはもう黙っていろ！」

ノアの母は平民だったが、その美貌は近隣諸国まで響き渡るほどだった。彼女には許嫁もいたのだが、現ソウラ王に見初められコルト伯爵家の養女となった。

その後、ソウラ王の第三王妃となるが、王宮に入ってから母への風当たりは厳しかったようだ。貴族や王家の連中は商家に生まれた母のことをいつも蔑み馬鹿にした。

息子であるノアも兄たちやその取り巻きに馬鹿にされたが、母と違いノアは気が強かった。王子の身でありながら騎士団に入って身体を鍛えたのである。兄たちの身長を追い越す頃にはノアのことを面と向かって馬鹿にする連中はいなくなった。

（貴族も王族もくだらない。あんな奴ら、剣もまともに扱えない癖に）

記憶の中の母親は、いつも控えめな笑みを浮かべ、そのくせ悲しそうだった。

ノアが王になった暁には、母のために宮殿を作る予定だ。あの窮屈な城からどうにかして母を連れ出してやりたかった。

しかしその夢は、儚くも砕け散りつつある。

「ずいぶん威勢のいい――ノア、と言ったな。貴様男に抱かれたことはあるか」

「は？」

物思いに耽っていたところを、一瞬で現実に引き戻された。皇子の口から放たれた強烈なことばのせいである。彼は今、ノアになんと言った？

（俺が、男に抱かれたことがあるかだって！）

冷静に考えてレオスがそんなことを訊いてくるわけがない。ノアは緩くかぶりを振った。

どうやら自分はずいぶんひどい聞き間違いをしたらしい。

そう思って横目でクラカを窺うと何故か凍りついている。

「よく聞こえなくて……すみません、もう一度お願いしてもいいですか？」

ノアのことばにレオスはうんざりした表情を隠しもしなかった。

「貴様は頭だけではなく耳まで悪いのか。まったく、まともなのは顔だけか」

レオス皇子がいっそ憐れみのこもった眼差しをノアへと向ける。鏡など見なくとも怒りで顔が歪むのが自分でわかった。クラカが必死に押しとどめていなければ、今にでも殴りかかってしまいそうだ。

そんなことは露ほども知らず、レオスは続けた。

「仕方がない、愚鈍な貴様にもわかりやすく訊ねてやる。男との性行為で尻の穴を使ったことがあるかどうか、疾く答えよ」

ノアが唇を震わせるのを見て、クラカがしがみついてくる。

皇子の婚約者を寝盗っただけにあきたらず、もしも皇子本人にまで傷を負わせたとなれば、さすがにノアの命ひとつだけでは贖いきれなくなる。

兄たちや父王がどうなろうと構わないが、罪のない国民や母が戦火に巻き込まれるのは避けねばならない。怒りを押し殺し、ノアは答えた。

「……あ、あるわけないだろっ。あんたのところはどうだか知らないがな、ソウラには男同士でまぐわう習慣はない」

ノアのことばを聞き、レオス皇子は恥じ入るどころか鼻で嗤った。

「なんと！　この世には男と女しかいないというのに、片方しか味わったことがないとはな。人生を半分損しているようなものよ」

「大きなお世話だ」

ノアが苛立つほどレオスの機嫌がよくなってゆく。

「そう毛嫌いするでない。男でも受け身の絶頂を極めると、あまりにも悦すぎて女を抱けぬ身体になるというぞ」

そこまで言われると、さすがにノアも押し黙った。

男同士の行為は慣れれば女とするよりも数倍も数十倍も悦い――確かにそんな噂を小耳に挟んだこともある。だがそれは本当なのだろうか。

気がつけばノアはレオスに訊ねていた。

「あー……そういうあんたは、男に突っ込まれたことはあるのか」

クラカが小声で不敬ですよ、と窘めてくる。知ったことかとノアは思った。特に気分を害した様子もなくレオスは朗らかに答えた。

「否、突っ込んだことも突っ込まれたこともない。余に男と寝る趣味はないからな」

堪らずノアは叫んでいた。

「あんたは！　ちょっと前に自分が発したことばさえ覚えていられないのか！」

「おお、突然いきり立つとは何事だ？」

ノアは両手で顔を覆った。会話をしていてこれほど疲れる相手は初めてだ。

レオスは両手を組んで胸を反らしてみせた。

「よく考えてみよ。尻に一物を突っ込んで無事で済む筈がない。余の玉体に傷をつけるものは問答無用で死罪である。夜伽のたびに相手を処刑していてはキリがないというもの。なにより予の貴重な子種を受け止めるものがいなければ無駄になるではないか」

「まあ、確かに子孫を残すのは王たるものの務めではあるが……」

ノアは不承不承同意した。

「なんにせよ、男に抱かれていないとなれば好都合だ。余の花嫁になるには処女であることが絶対の条件だからな！」

ん、とノアは小首を傾げた。前半はともかく後半のことばが気にかかる。つまりアイロスの姫君は処女じゃなかった時点でレオスとは結婚できなかったということにならないだろうか。

白い指に顎を掴まれ、強引に顔を持ち上げられた。金色の瞳がじっとノアを見つめる。

「貴様の髪はなかなかに珍しい色合いだな。黒髪に青色が混じっているせいで、光の加減によっては藍色に見える。……それに顔立ちも悪くない」

頰を撫でる指は氷のように冷たかった。まるでレオスのこころを表しているようで、ノアは心底ぞっとする。蛇に睨まれた蛙のような気分だ。

クラカに背中を突っつかれ、ため息混じりに口を開いた。

「あー……アレだ、花の天子と名高いレオス皇子にお褒め頂き……」

棒読みで告げるノアの口上を遮ってレオスは言った。

「貴様を余の花嫁として迎えてやろう。どうだ光栄か？　無論、光栄であろうな！　さあ、思うさま感激に噎び泣くがよい！　余の眼前に不体裁を晒すこと許してやろう」

ノアはじっとレオスの金色の瞳を見つめた。彼もまた視線を逸らさない。たっぷり見つめ合ったあと、ノアは言った。

「………あぁ？」

ノアにとって城での生活は窮屈で仕方がないものだった。だから、ちょくちょく城を抜け出しては身分を隠して街に繰り出したものだ。

それなりに世慣れた結果、今では場末の酒屋に入り浸っても違和感がないほどである。つまりノアは大層柄が悪かった。クラカがいなければ頭突きをかましていただろう。

「こっちが下手に出てりゃつけあがりやがって。何が嫁だ、ふざけんな！　どこの世界に男の妃がいるってんだ」

「待てノア、頼むから」

己を止める従者が不快で睨みつけると、額に玉のような汗をびっしり浮かべたクラカが切々と訴えてきた。

「離せ、クラカ！　もう今度という今度は我慢がならんっ」

「ノア、いいから落ち着いてくれ！　俺が小耳に挟んだ話では、カルナ＝クルスには男に子を宿らせる秘術があるそうだ。文献にも男妃が子を産んだ記録がある」

「なっ」

あまりにも信じ難い話に怒りも忘れノアは目を見張る。クラカが疲れ切った顔で続けた。

「冗談でもからかっているのでもない。レオス皇子は本気でいらっしゃるんだ……たぶん」

「はあ？」

絶句するノアを楽しげに見つめ、レオスは尊大に言い放った。

「そこの従者が言うとおり、我が国には男を妃にする術がある。貴様のような生意気な男を孕ませるのは、さぞ楽しかろう」

何を言われたのか、すぐには理解できなかった。だが数瞬後、ノアの全身にぞっと怖気が走った。

（孕ませると言ったのか。……この男が、俺を？）

ヒリつくほど渇いた喉を湿らせたくて、ノアは無理やり唾液を嚥下した。落ち着けと何度も自分に言い聞かせる。

戦場でもっとも恐ろしいのは我を失うことだ。どんな窮地だろうと、冷静でいれば活路を見出せる。ノアは混乱しながらも、頭を働かせようとした。

「待て、頼む、待ってくれ。あんたらが、男に赤ん坊を産ませることができるってことは理解した。にわかには信じがたいことだが、きっと本当なんだろう。それはそれとして、何故俺なんだ？　あんた、はっきり言ったよな。〝男を抱く趣味はない〟って」

「ああ、ないな」

あっさり頷くレオスに、ノアの眼前が明るくなる。どうにか突破口が見つかりそうだ。

「だったら、わざわざ俺なんかを嫁にしなくてもいいだろ。確かにちょっと女好きする顔だけどな、ご覧の通りデカいしゴツいし、どっからどう見ても女には見えない」

うむ、と頷きレオスは考え込む。

「貴様の言うとおりだ。間違っても女には見えぬな」

「だったら……」

ノアのことばをレオスはぴしゃりと遮った。

「聞け、虚け者。我がカルナ＝クルスには数多の同盟国がある。彼奴らの中には友好の証として、奴隷を寄越す輩が多い。その中にはごく稀に女より美しい男娼もいる。そやつらは確かになかなかそそるものがあってな、抱いて抱けぬこともないだろう。だが所詮は紛い物よ。どうせ抱くなら本物の女のほうがいい。不浄の穴なら女にもあるしな」

「あんたって見た目のわりに下衆……いや、失敬」

つい漏れた本音はクラカに足を踏まれて飲み込んだ。レオスは特に気にしていない。

「それを聞いて心底安心した。俺を嫁にするって話は、やっぱりなしってことでいいんだよな？」

信じられないことにレオスは不思議そうな顔をした。

「何故そうなる。女のような男を抱くのはご免だが、鍛えられたその体躯は存外悪くなさそうだ。節操なしの一物が役に立たなくなるまで、余がたっぷりと貴様の処女穴を躾けてくれよう」

「なっ……！」

相手のことばに鳥肌が止まらない。クラカに至っては壁に同化したかのように完全に息を殺していた。レオスが闊達に笑う。

「ずっと人形のような相手ばかりで余もいささか退屈していたところよ。たまにはイキの良い相手を試してみたくもなる」

「試すだって!?　妾ならまだしも嫁だぞ！　ふざけるのもいい加減にしておけよ」

最後はほとんど悲鳴になった。きっとこれは悪夢か、レオスに謀られているのだ。そう思いたい一方でこの男ならこんな突拍子もないことさえやりかねないという恐怖がある。

笑いの余韻を口端に残したまま、レオスは言った。

「国としての格はアイロスには負けるが、なんといってもソウラはオリカルクムの産地だ。ミーナ姫よりも貴様のほうが役に立ちそうだ」

そんな理由で男を嫁にするとはあまりにも突拍子のない話である。

（そもそも他国に嫁いだ場合継承権ってどうなるんだ？）

レオスはノアの耳飾りを指で摘む。

オリカルクムはただ希少で高価だというばかりではない。この世でもっとも頑丈で、鋼よりも軽い。そんなオリカルクムで作られた武器は強靭だ。狙うものはあとを絶たない。

国土の大きさのわりにソウラの軍隊が精強なのは、他国の侵攻に備えてである。加えてソウラの国境は峻厳な山々と海に囲まれているため天然の要塞に護られているようなものだ。たとえカルナ＝クルスの軍でさえソウラを落とすのは容易ではない。

ノアと結婚すれば、そんなソウラと同盟を組むことができるのだ。レオスにとってはいいことづくしというわけである。

「さあ選ぶがいい、ノア・コルト・ツァル・ソウラよ！　獄中に繋がれ生涯囚人どもの慰み者として過ごすか、余の花嫁となり子を孕むか」

どちらを選んでもノアにとっては地獄でしかない。救いを求めてクラカを見るが、満面の笑みで頷かれてしまった。

「何を迷うことがありましょう。男の身でありながら、レオス皇子に貰って頂けるとは光栄の極みではありませんか！」

クラカにしてみれば母国ソウラが強大なカルナ＝クルスと同盟を結べるチャンスなのだ。諸手を挙げて賛成するに決まっていた。その引き換えとしてノアの貞操が散ったところで、あまりにも瑣末な出来事であろう。

ノアは大声で喚きたかった。何が光栄の極みだ。

（俺の男としての矜持はどうなる！　王となり国を統治するという俺の夢は）

足元が底なしの泥濘に沈んでゆく。ノアは無意識のうちに己の腹を庇っていた。

子を産むという行為は素晴らしい。生命の神秘だと思う。だがそれは女性に与えられた特権だ。男の身で下腹に赤ん坊を宿らせるなど、おぞましいとしか思えない。

――投獄か、結婚か。

「……」

「ん？　そよ風が吹いたか。なにやら物音が聞こえたような」

半笑いで訊き返され、ノアは唇を噛み締めた。この世には神はいないのか。そう思って目の前の男がその神にもっとも近い存在であることを思い出す。最悪だった。

「……あんたと結婚する」

ノアが答えるとクラカがあからさまにほっとした。

「ふん、ずいぶん不服そうだな」

「二十三年間、男として生きてきたんだ。いきなり嫁になれ、子を産めと言われてニコニコ笑っていられるか！」

「こらノア、レオス皇子の機嫌を損なうような真似は慎め」

クラカの耳打ちを聞き取って、レオスがカラカラ笑う。なんという地獄耳なのか。

「そこの従者よ、余は別に構わぬぞ。じゃじゃ馬を一から躾けるのも悪くない。ソウラの王子よ、今はせいぜい喚いておけ。あとの楽しみが増えるというものよ」

「あんたって、本当いい性格してるよな」

悔し紛れにノアが吐き捨てると、レオスはいかにもタチの悪い笑みを浮かべた。

「さて、それでは貴様の決意のほどを見せて貰おうか。我が花嫁になると言ったからには相応しい振る舞いをしてみせよ」

「相応しい振る舞いってなんだよ。シナでも作ってみせろっていうのか」

うんざりした顔でノアが言い返すと、レオスは楽しげに目を細めた。

「我が爪先に口づけることを許す。ソウラの王子よ、跪くがいい」

さきほどからレオスはノアのことをわざと『ソウラの王子』と呼んでいる。嫌でも気づくというものだ。そのうえで己に服従することを強いているのである。

ノアはちいさく全身をわななかせた。それは怒りからなのか、恐怖からなのか、自分自身にさえわからない。あるいはその両方かもしれない。

（これから俺はどうなるんだ。嫁どころか、奴隷のように扱われるんじゃないか）

ノアはレオスを睨みつけた。相手も真っ直ぐ受けて立つ。背筋を伸ばし、目を逸らさずノアは相手のもとへ近寄った。

互いの爪先がぶつかる寸前まで前へ進む。レオスは無防備だ。今手を伸ばせば彼の腰から剣を引き抜くことができる。ノアの腕なら相手に反撃どころか叫ぶ隙さえ与えることなく、一撃で仕留められるだろう。

（だが、そうすれば戦争だ）

結局のところ選択肢など始めから与えられていないのだ。

ノアはレオスのまえに跪いた。長靴の上から、彼の爪先に口づける。右側が終わると、次に反対外の爪先にも同じようにした。

「我が君……これからは身もこころもあなたのものです」

目を伏せることはしなかったが、声が震えるのはどうしようもなかった。

「跳ねっ返りが殊勝(しゅしょう)な態度をしてみせるのもオツなものよな。ははは、愛(う)い！　愛いぞ！」

腕を掴まれ立たされる。そのままがばっと抱きつかれ、ノアは全身を強張らせた。細身に見えたが、こうして実際に触れてみれば鍛えられた戦士の肉体だ。だがよく考えてみれば意外でもなんでもない。

自軍を勝利に導くため、カルナ＝クルスの統治者は前線で戦う。その魔力により帝国軍を護るのだ。世界最強と呼ばれる所以(ゆえん)であった。

若い頃より勇猛さで名を馳せた現帝王も、加齢によって退軍した。現在はレオスが軍の最高司令官なのだ。

レオスはノアの身を離すと至近距離からじっと顔を見つめてきた。人間離れした美貌にも拘らず、彼を見ていると何故か爬虫類を思い出す。蛇のような男だ。

「いい目をする。貴様を孕ませるのが楽しみだ」

頭が痛い。吐き気がする。

皇子のことばで、ノアは己の運命が決まったことを思い知った。

(今に見てろよ。俺を嫁にしたことを絶対に後悔させてやるからな)

姫と結ばれることで、ノアは王になろうとした。そんなノアが今、カルナ＝クルス皇太子の妻になろうとしている。いずれレオスは父の後を継ぎ帝王となる。

そうなったときがノアの出番だ。

(こいつを蹴落として、俺がこの国の帝王になってやる)

胸の底でノアはひとり誓いを立てた。

2

扉の前に立つと、ついて来いと言わんばかりにレオスがノアを一瞥する。どうでにでもなれ、という気持ちでノアは皇子のあとに従った。

部屋を出た瞬間、どこからともなく衛兵が現れてぐるりと周囲を取り囲んだ。

どこへ向かう、とも告げず、レオスがさっさとその場から歩き出す。背後から追いかけてくる揃った足音に混じって、階下の華やかなざわめきが耳に届いた。優美な音楽と穏やかな話し声、どうやら舞踏会は佳境のようだ。

レオスは突然ノアの顎を掴んで言った。

「舞踏会に戻って貴様が余の妃になることを皆に触れてやろう」

「ぐっ」

今更嫌だとごねるつもりもないが、胃がずしっと重くなる。

男の妃などきっといい笑いものだろうに、レオスのほうこそ平気なのだろうか。いや愚問だった、とノアは即座に思い直した。

平気だからこそ、大勢の人間の前で披露するのだ。とんだ鉄面皮である。

今思えばノアに婚約者を寝盗られたくせに、レオスはまともに嫉妬する様子がなかった。

(俺が言うのもアレだけど、あのお姫様、悪い娘じゃなかったのにな)

たとえ政略結婚だったとしても、多少は思うところがなかったのだろうか。

ノアはレオスの彫像のように整った横顔を盗み見た。この見た目の十分の一でいい、内面も美しければよかったのにと思わずにいられなかった。頭を振り、ノアは指から逃れた。

「おまえ、本当に俺のこと妃にするつもりなのか？　今からでもここに集まっているお姫様を引っ掛けたほうがいいだろうに」

「女など、どれを選んだところでさほど変わらん。乳が大きいか小さいかの違いくらいだ」

「おいおい、そりゃいくらなんでも雑すぎるだろうが。乳の大きさだって、結構重要な要素……っと、そうじゃなくてだな」

痛む額を指で押さえ、口の中でノアは呻いた。お互い公用語を話しているにも拘らずどうしてまともに意思の疎通ができないのか。

レオスは既に己の後宮を持っており、百人を超える妾が住んでいるという噂だった。属国や同盟国が友好の証にと美女を送って寄越すらしい。玄人の踊り子から貴族の才女までよりどりみどりであるようだ。

ソウラのようなちいさな国からすると信じられない話である。ソウラ王には三人の妻がいるが、百人単位の妾を囲ったりはしなかった。

（別に羨ましくなんか……あるよ。あるに決まってんだろ。後宮は、男の浪漫だぞ）

王になったら己も後宮を作るのが夢だった。それなのに、自分がその後宮に住まうことになるとは一体なんの因果だろう。

（結婚前に試しすぎて女に飽きたってことか？）

だが抱くなら女のほうがいいとも言っていた。皇子のことばは矛盾（むじゅん）している。

レオスは何故かノアの顔をじっと見つめてから、慰めるように言った。

「なんだ、乳がないことを気にしているのか？」

「気にするか！」

ノアがムッとして言い返すと、レオスはくくっと笑ってみせた。完全におちょくられているようだ。

角を曲がると手すりの向こうに大広間が見下ろせた。そういえば彼の影武者とやらは既に退場したのだろうか。魔法の伝達手段でもあるのか、伝令を出している様子もなかった。

「さあ、行くぞ。獄中死したくなければ、せいぜい花嫁として相応しく振る舞うんだな」

「待て、花嫁に相応しくって……そんなの俺にできるわけが……」

問答無用でぐっと腰を抱き寄せられる。突然のことで、ノアは危うく転びかけた。咄嗟（とっさ）にレオスの胸にしがみつく。その結果、寄り添うような格好になった。

「ッ、悪い」

謝罪して、すぐに離れようとしたが、レオスが素早く囁いた。

「構わぬ。そのままにしていろ」

気がついた衛兵が号令をかける。招待客の視線が一斉にこちらへ集まった。

彼らはレオスの姿を見てうっとりし、次に隣にいるノアのことに気がついた。貴婦人たちが声を潜めて囁き合う。

レオスとノアが並べば、誰の目にも主君とそれに仕える騎士にしか映らないであろう。水を打ったように静まり返った大広間に、皇子の凜とした声が響き渡る。

「皆の者、今宵はよくぞ集まってくれた。宴が続く限りこころゆくまで楽しまれよ」

腰を抱くレオスの指が、じわりじわりと下がってゆく。ノアは笑顔を引き攣らせながら不埒な手から逃れようとした。だがまるでそれを咎めるように、ぎゅっと尻肉を掴まれる。

痛みに呻きかけるノアに、レオスは凍えるような眼差しを送ってきた。

(投獄回避、投獄回避)

今はそれだけを考えてこころを殺す。

「今日この日を以て、余レオス・アマルナ・カルナ=クルスは晴れて成人と相成った。ここに余は宣言する――」

レオスはわざと一拍置いてからことばをつづけた。

「ここにいるノア・コルト・ツァル・ソウラを余の妃とする」

静寂に包まれていた大広間に低いどよめきが広まってゆく。夢なら覚めて欲しかった。しかし現実はいつだって無情である。暗澹たる気持ちでノアが会場内を見渡していると、幾人か見知った顔を発見した。

カルナ=クルスに来てから知人になった数人の女たち、さすがにアイロスの姫はいなかったが、彼女の侍女は広間に来ていた。侍女の怨嗟のこもった眼差しにノアは辟易する。

（そりゃ大事な姫様の縁談をぶち壊しておいて、当の本人がちゃっかり嫁になってるんだから腹も立つだろうな。でもそれはレオス（こっち）に言ってくれよ！）

そんな思いを込めてノアは侍女を見つめ返した。あまりに熱心に念じていたせいでレオスに顎を取られても、ほとんどされるがままだった。

（――あ？）

気がついたときには、互いの唇がぶつかっていた。つまり、レオスと己の唇が、だ。

男と口を吸い合う趣味はない。文句を言おうと反射的に口を開く。その隙を突いてレオスが舌を滑らせてきた。

「んっ、んぅ」

細身に見えるくせにレオスは腕も胸も逞しい。全身をすっぽり包み込まれるように抱かれながら、執拗（しつよう）に舌を嬲（なぶ）られた。女相手と勝手が違い、次第に息が苦しくなる。頭がクラクラして指先から力が抜けてゆくようだ。

「ふ……ぁ」

ようやく口を離されて、ノアはぐったりレオスの胸にしなだれかかった。羽毛のように優しく耳朶を撫でられ、うなじを指でくすぐられる。ノアがぴくんっと身体を震わせるとレオスが声を出さずに笑った。

「女泣かせの伊達男が口づけだけで生娘のように腰を抜かすとはな」

「……ッ」

なんという屈辱。ノアは今すぐにでもレオスを殴ってやりたかった。だが殺気の籠った両目を閉ざし、震える唇を噛みしめる。

この尊大な男を殺めることなど、騎士であるノアには容易いことだ。しかしその結果、カルナ＝クルスとソウラが戦火に巻き込まれるようなことはあってはならなかった。

（畜生、今は耐えるしかない）

ふたたび腰を抱き寄せられても、ノアは決して逆らわなかった。

「レオス殿下、おめでとうございます」

「二重におめでたいですわね。まさか殿下のお相手がソウラの王子だなんて」

「殿下には驚かされてばかりです。ソウラといえば……オリカルクムの産地でしたな」

大広間に降り立つと、貴賓たちが次々とレオスに挨拶をしにやってくる。皆ノアのことを舐めるように眺めては去って行った。

（……まるで見世物だ）

彼らの口は上品なことばを紡ぎ出すが、瞳は正直だ。

『何故レオス皇子はこの男を妃に望む?』

『皇子はもともと男色だったのでは』

『この男が未来の皇后さまとはな！　レオス皇子が夢中になるとは、よほど具合がいいのだろうか。女よりも?』

『どんな手管で皇子を墜としたのやら。ああ、おぞましい』

何十、何百の人々が通り過ぎてゆく。その中にノアに好意的な人間はひとりもいない。それは当然だろう。男なのに花嫁など、自分でもおかしいと思うのだから。

（俺だってなあ、好きでこいつと結婚するわけじゃないんだよ！）

人いきれに当てられたのか、すこし頭がぼうっとする。足がふらついたところ、レオスに肩を支えられた。

「息を吐け、ゆっくりだ。そのままでは倒れるぞ」

ふいに耳元で囁かれ、ノアはハッと目を見張った。おもてを上げた拍子、金色の瞳が視界いっぱいに飛び込んでくる。

レオスがノアを見る目は慈しみや優しさとはほど遠かったが、好奇心や蔑みの色も一切なかった。なんの色もついていない眼差しが、今のノアには一番ありがたい。

（……静かだ）

彼に言われたとおり、早くなりすぎた呼吸を整えると、ぼやけた意識がはっきりしてきた。

つい相手の瞳に見入っていると、鋭い咳払いの音があたりに響いた。反射的に振り向くと、そこにいたのはアイロスの姫に仕える侍女だった。

「あんたは……」

視線で促され、ノアは侍女に従った。一瞬だけレオスがこちらを見たが、何も言わない。ジロジロ見られながら、ノアたちは人の壁から抜け出した。

侍女がテラスに向かったので、すこし遅れてそのあとを追う。外へ出た途端、ぬるい夜風がノアの頬を優しく嬲った。

「まさか、仕組んでいたんじゃないでしょうね？」

ノアの顔を見るなり侍女が憎々しげに問う。

「仕組むって、いったい何をだ」

「こうなるのを見越して、ミーナ姫を……」

冗談ではなく、相手は本気で疑っている。ノアが皇子と結婚するためにアイロスの姫を誘惑したと思っているのだ。

「そんなわけないだろ！　何度も言うが俺はあんたの姫様がレオス皇子と婚約していることも知らなかった。だいたい婚約しているくせにどうして姫様は俺と寝たんだ!?　こっちのほうが聞きたいね！」

そのせいでノアは男と結婚する羽目になったのだ。侍女は渋い顔をした。

「姫様は他国の王家に嫁ぐよう、幼い頃から教育を受けてきました。どんなお相手とでも円満にいくよう……ご自身の意思をお持ちではないのです」

どこか人形めいた姫の様子を思い出し、ノアは大いに納得した。

「姫様の件で俺のことを恨むのは構わないが、そもそもレオスに嫁ぐには処女であることが条件なんだろ？　俺が手をつけた時点で、あの姫様もう処女じゃなかったぞ」

侍女が忌々しげに顔を歪める。

「そんなもの……腹に山羊(やぎ)の血でも仕込めばどうだって誤魔化(ごまか)せたわ」

想像して少々気分が悪くなる。青ざめるノアを見て侍女は嘲笑（あざわら）ってみせた。

「まあいいわ、済んでしまったものは仕方がない。ねえ、知ってる？　男が孕むと陣痛の苦しみに耐え切れず死んでしまうそうよ。何故って、男の身体は子供を産むようには作られていないから。だって出産は女のものだものね」

相手を睨みつけたものの、瞳は不安で揺れたかもしれない。侍女のことばにノアはすくなからず動揺していた。

「あなたに報（むく）いがありますように」

呪いのようなことばを残して侍女は大広間に戻って行った。ひとりその場に取り残され、ノアは頭上の月を見上げる。

『男が孕むと陣痛の苦しみに耐えきれず死んでしまう……』

黙っていると侍女の声が耳の奥で木霊（こだま）する。ふらふらとノアは露台（ろだい）から身を乗り出した。手すりを握る指に力がこもる。

空を見上げると、欠けるところのない月はやけに赤く、今にもノアを押しつぶしそうだ。

(今ならこっから逃げ出せるな)

美しく手入れされた庭は、鬱蒼（うっそう）と茂った森へと続いている。夜通し駆ければ、朝には帝都から出られる筈だ。

だが逃げてどこへ行くというのか。ソウラにはもう戻れない。

貴賓たちの前でレオス皇子はノアと結婚することを発表した。ここで逃げれば彼の面子（めんつ）を潰すことになる。追跡は熾烈を極め、国にも迷惑がかかるだろう。

（俺はソウラの一番槍だ。赤ん坊くらい、ぽんぽんと生んでやるってんだ！）

背後の扉が開く音がして、ノアが振り向くとクラカがこっちへやって来るところだった。

「おう、ここにいたのか」

従者の呑気な声を聞くとくよくよしているのが馬鹿らしくなった。レオスの妻になると言ったが、こころまで従うとは言っていない。ノアは改めて決意した。

（俺を妃なんかにしたことを、あいつに後悔させてやる）

クラカを伴い大広間へと戻る。レオスを囲んでいた人々がノアの姿を見るなり左右に分かれた。どうやらノアの帰りを待っていたようだ。

人垣でできた通路を進み、レオスの目の前まで行くと、ふいに手首を掴まれた。胸に抱かれ、人々のどよめく声が耳に入った。

性急に唇を塞がれる。当然のように入ってきた舌にうっかり噛みつきそうになった。

「んっ、ふ」

楽団の奏でる調べも人々の喧騒も、いつしか遠くなる。レオスは耳飾りを気に入っているらしく、口づけの間じゅう耳朶をくすぐられた。

思う様貪られた挙句、やっと解放して貰う。唇がぽってりと腫れぼったいような気がした。

「勝手に余のそばを離れるな」

それだけ告げると、レオスは貴賓たちへと向き直った。それきりノアのことを顧みることはない。

「……うるさい、こっちの勝手だろ」

レオスの背中に向かって思わずぼそっと呟いた。彼は気づかなかったし、そもそもノアの声など聞くつもりもないだろう。ため息を口の中で押し殺す。

皇子の隣でニコニコ笑っているのも飽きてきた頃、ハッとするほど美しい女が人垣をかきわけ現れた。これがレオスとの婚約発表の席じゃなければ声をかけたいほどだ。

「ご歓談中のところ、ご無礼をお許しください。レオス皇太子様、元老院の方々がお待ちでいらっしゃいます」

女は藁色の髪を低い位置で結い、濃紺のドレスを身にまとっていた。少し目元がキツいが長い睫毛がその印象を和らげる。紅も差さず白粉も塗っていないにも拘らず、華やかな大広間でも彼女は際立って見えた。

「そうであろうな」

何故か不敵な笑みを浮かべ、レオスは相手をしていた貴賓に暇のことばを告げた。女はその場で深く首を垂れると、レオスの先に立って進み始めた。

そのあとを追いながら、皇子がノアへ一瞥を寄越す。ついて来いという意味だと解釈し、ノアも彼に続いた。このままひとり会場に残ったところで針のむしろだ。

階段を上り廊下を進むと、先々で衛兵たちが礼をする。まっすぐに伸びた女の背を眺めながらノアはあることに気がついた。

(あれ、この女……)

侍女にしては身のこなしに隙がない。コルセットをしていないうえ、帯剣しているようだ。

（女兵士なのか？　珍しいな、ソウラにはいなかったぞ）

こんな時だというのにノアは好奇心が疼（うず）いた。いったいこの女は何者なのか。レオスに直接声をかけたことから、それなりの身分にいることはわかる。

ノアが訊ねようとする前に、レオスが口を開いた。

「思っていたよりも大人しかったな。その調子で元老院の連中も謀ってみせよ」

よせばいいのに、相手の皮肉げな笑みを見るとどうしても言い返さずにはいられない。

「あれだけ散々脅かされりゃ、大人しくもなるさ。それよりその元老院の連中ってのはいったいなんなんだ」

前を歩いていた女が驚愕の表情でこちらを振り返る。ノアは慌てて言い直した。

「いや、その……元老院とはなんのことでしょうか、殿下」

レオスが片眉を跳ね上げる。そんなことも知らないのか、と言いたげだ。レオスが目配（めくば）せすると、心得た様子で女が口を開いた。

「元老院とはカルナ＝クルス帝王の諮問（しもん）機関です。最終的に政（まつりごと）を取り決めるのは帝王ですが、元老院の存在は無視できるものではありません。貴公の母国ソウラでいう評議会のようなもので、議長はレオス皇子が務めています」

「ああ、よくわかったよ。それにしてもあんた、ソウラのこと詳しいんだな」

ノアが言うと、女はにこりともせず頷いた。どうやらあまり歓迎されていないようだ。男のくせに妃になろうというのだから当たり前だろう。

（元老院ね……）

つまり、いくらレオスがノアを妃にと言い張ったところで元老院の許可が下りなければこの結婚話はご破算というわけだ。

「ちょっと待て。もし俺との結婚を元老院に反対されたら俺は牢屋行きってことか？」

「その可能性は大いにあり得るな」

「なっ……！」

レオスが他人事のように同意する。ノアは怒りのあまり咄嗟にことばが出てこなかった。あれだけの恥をかかせておいて、この男は今更何を言いだすのだ。

（くそ、今すぐ逃げ出したくなってきた）

廊下の突き当たりに、目にも鮮やかな青色の扉が見えた。女が「青の間です」と教えてくれる。どうやらここに元老院が集まっているようだ。

レオスの姿を認めた見張りの兵士がその場で床に跪く。

「レオス皇子のお成りです！」

女が無言で脇に退ける。レオスは傲然とおもてをあげたまま、足を前へと踏み出した。

「扉を開けよ」

レオスが命じると兵士のひとりが立ち上がり、扉を勢いよくノックした。

「失礼致します。レオス皇子がお見えになりました」

扉の向こうに届くようにと兵士が声を張り上げる。中からいらえがあるより先にレオスは顎をしゃくってみせた。心得た兵士が扉を開く。

「何をしている。ついてこぬか」

背後を振り向きもせずレオスは言い捨てると、部屋の中へ踏み入った。ノアも兵士や女たちと一緒に待っていたかったが、仕方なく皇子のあとを追った。

部屋は馬を十頭ばかり収容できる広さがあり、十名の年嵩の男たちが長机を囲んで座っていた。中にいたものたちの目が一斉にノアへと向けられる。その突き刺さるような視線に辟易しつつ、ノアはひとりの男に目を留めた。

彼らの多くは老人だったが、その中に若者がひとり混じっていた。

その若い男は茶髪で端整な顔立ちをしており、ノアやレオスと十歳も歳が変わらないように見える。他が年長者ばかりの中、その人物は妙に浮いて見えた。

老人のひとりがわざとらしく咳払いをしてみせる。レオスにさりげなく脇腹を小突かれ、ノアは正面に向き直った。

「その男がアイロスの姫を手篭めにした犯人ですか」

謁見の口上を省き、白髪の老人が口火を切った。レオス相手に棘のある口調を隠しもしない。ノアは反射的に言い返していた。

「女を手篭めにする趣味なんかない。あくまで双方合意の上だ」

若い男はノアを一瞥したきりハンカチで口元を覆った。話をするのも汚らわしい、とでも言いたげだ。この手の輩は国が変わっても一緒らしい。

ノアを無視して、男はレオスに向き直った。

「レオス議長。此度の結婚について、我らとしては到底承認しかねる」

「ほう、何故だ。申してみよ」

レオスは腕を組み、茶髪の男を見返した。男が毅然と告げる。

「カルナ＝クルス皇太子妃が男など、決してあってはならぬこと。ましてやその男は罪人ではないか。アイロスの姫君を襲ったのはその男だと耳にしている」

「ほう、余が自ら選んだ伴侶を罪人と申すか……」

ノアは密かに隣を盗み見た。レオスの唇は笑みの形を作っていたが、その目はまったく笑っていない。なんとなくギクリとしてノアは皇子から目を逸らした。

レオス皇子、と茶髪の男が続ける。

「到底あり得ぬ仮定だが、その男の言っていることが本当だとしよう。だが、いくら合意の上とはいえ皇子の婚約者に不貞を働くとは」

相手のことばを遮ってレオスが言った。

「入って参れ」

扉が静かに開き、白衣を着た赤い髪の男が長机の前までやってくる。議員たちは顔を見合わせた。

皇子が頷くのを見て、赤毛は白衣の懐から一枚の紙片を取り出す。

「これは……どういうことかな、ティルダ医師」

どうやらこの赤毛の男は医者だったようだ。

「恐れながら……アイロスの姫を診断するよう仰せつかりまして、その所見がまとまりましたので参じました」

気の弱い男らしくティルダは始終ビクビクしている。議員のひとりが声を荒げた。

「今は大事な会議中であるぞ、場をわきまえよ。所見なら後で聞くゆえ、部外者は早々に立ち去るがよい」

「余がこの場所へ呼んだのだ。勝手に下がらせるな」

レオスの鋭い声に、ティルダを叱責した議員は傍目にもわかるほど顔を青ざめさせた。

「も、申し訳ありません」

うるさそうに手を振って、レオスは相手を黙らせた。次に彼はティルダへと目を向ける。

「貴様もだ、ティルダ。まごまごせず疾く所見を述べぬか」

「ひっ、お許しください、レオス皇子！」

スーハーと何度も深呼吸をしてから、ようやくティルダは口を開いた。

「アイロスの姫に関してですが、診察したところ暴行を受けた形跡はありませんでした。行為は合意のもとで行われたと断言できます。また、姫は既に純潔を失っていた形跡があり、我がカルナ＝クルスの妃たる資格はなかったかと……」

部屋の中にさざ波のような囁き声が満ちる。

「ほらみろ！　俺の言っていた通りじゃないか」

ノアのことばにティルダはちいさく頷いてみせた。

レオスが無言で議員たちを見回す。彼らは興奮した様子で隣の者と話し合っていた。

「下がって良いぞティルダ帝国医師長、報告大儀であった」

一礼しティルダがそそくさと退室したが、議員たちは話し合いに夢中で気づかなかった。

「余の妃に相応しいとアイロスの姫を推(お)したのは貴様らだ。申し開きがあるなら述べよ」

声を張り上げたわけでもないのに、レオスの声はよく通った。皆一斉に黙りこくる。

「憚(はばか)りながらレオス皇子、我々はよかれと思い……」

老人のひとりが言いかけたところで、レオスはガンと長机を拳で殴りつけた。

「貴様らも我が国の民なら知っておろう。カルナ＝クルス家の花嫁に相応しいのがどのような者なのか。純潔であること、これだけは絶対に譲れぬ条件ぞ」

年嵩の男たちが弱りきった顔で黙りこくる。ノアはなんとなくアイロスの姫が気の毒になった。彼女は朗らかで上品で、貞操観念は少し緩い他は申し分のない女性だったように思う。

「生娘にそこまで拘(こだわ)らなくてもいいと思うんだがなあ……」

ノアのぼやきを耳聡く聞きつけ、レオスはハッと嘲笑った。

「別に余が拘っているわけではない。そのことば、精霊どもに言って聞かせよ」

「精霊……？」

ノアには見えなくとも、精霊がこの部屋にいるのだろうか。つい指であたりを探っていると、レオスが素っ気なく告げた。

「言っておくがここにはおらんぞ」

元老院の面々がふたりのやりとりを冷ややかに見つめている。ノアは思わず赤面した。

「カルナ＝クルス家に名を連ねるということは、精霊の加護を受けるということ。精霊どもは余計な血が混じるのを厭う。よって嫁ぐ者には純潔を求めるのだ。式の途中で不貞がわかれば精霊の加護を失いかねん」

「へえ、そうだったのか……」

そんな決まりがあるのなら、何故アイロスの姫は自分の誘いを断らなかったのだろう。そもそも婚約を申し出られた段階で、辞退したほうが良かったのではないか。

（黙っていればわからないと思ったのか？）

なんと愚かで浅はかなのだろう。だがノアは不思議だった。

行きずりで肌を合わせただけだが、あの姫に狡猾なところなどどこにもなかった。男を手玉に取れるようなタチではない。

憎悪の籠った眼差しでノアを睨んでいた侍女の顔が脳裏を過った。

待ってください、と若い男が声を張り上げる。ノアはそちらへと視線を向けた。

「アイロスの姫君に関しては、確かに我らが不徳の致すところ。しかし皇子が連れてきたその男、此奴こそ純潔とはほど遠い。カルナ＝クルス家に迎えるのに相応しいとは思えぬ！」

確かに彼のことばはもっともだ。議員たちも揃って同意してみせた。己の立場が危うくなることを理解していながら、ノアは内心わくわくした。

（さーて、どうする皇子さま？）

ついニヤニヤしそうになってノアは片手で口元を覆った。この無駄に偉そうなレオス皇子がやり込められるところを是非とも見たいものである。

（あーあ。こいつと結婚せず、牢屋にも入らずにすむ道は残されていないのか）

そんな埒もないことを考えていると、耳元でレオスがぼそりと囁いた。

「そんなに牢屋に入りたいか？　貴様はどちらの味方なんだ」

「へっ？」

この男は魔法が使えるばかりではなく、こころまで読めるというのだろうか。狼狽えるノアを尻目にレオスは傲然と胸を反らした。

「此奴がどこで精を撒き散らしていても問題はない。今後二度と使わぬ器官に成り下がるのだし、なんなら切ってもいい。幸いにも後ろの穴は未通なのだ」

もうちょっとで股間を両手で押さえるところだった。ノアが死ぬほど焦っていると、茶髪の男が声を上擦らせて訴えた。

「レオス皇子！　それは詭弁というものだ」

「儀式は今宵、精霊どもは待たぬぞ。今から姫を選び直している暇があるか？　貴様らが選ぶ娘が、今度こそ純潔であるという保証はどこにもない」

反論がないのを見て取ると、勝ち誇った様子でレオスは宣言した。

「余はこの男を妃にすると決めた。もし反対する者があるならこの場で速やかに名乗りいでよ」

てっきり全員で反対の声を上げるのかと思いきや、議員たちはしっかり口を噤んでいる。

レオスは鷹揚（おうよう）に頷いた。

「ふん。反対する者がいれば反逆罪で投獄してやろうかと思ったのだがな。残念……もとい運がいい」

レオスのことばに議員たちが青くなる。悔しげに顔を歪める茶髪の男を見て、レオスはちいさく溜息を吐いた。

「キュロス殿」

茶髪の男がハッとした様子で顔を上げる。レオスは素っ気なく告げた。

「元老院の執務（しつむ）が忙しいようだな。帝王がしばらく貴殿の顔を見ておらぬとお嘆きだったぞ」

「そうか、元老院副議長という我が身には余る大役を賜ったからな。……近々竜顔（りゅうがん）を拝みに伺うとしよう」

「近々だと？　今日にでもすぐ向かえ」

吐き捨てるようにそれだけ言うと、レオスはノアの腕を掴み出口へと向かう。そのため茶髪——キュロスがどんな顔をしていたのかは見逃した。

（キュロス殿下、ね。そういえばレオス皇子には異母兄がいたんだったか。どこの王室もドロドロなのかね）

カルナ＝クルスの帝位継承権は長子相続制ではなく、現帝王が次期帝王を指名する。そして今の帝王が指名したのはこのレオスだ。一説には精霊との結びつきがより強い人間を帝王に据えると言われていた。

廊下に出るとさきほどの女官が部屋の前で待機していた。レオスは当然のようにノアを置いて先に行く。舌打ちしすぐにそのあとを追いかけた。

「おい、どこへ行くんだよ」

「儀式の準備だ。もうあまり猶予がない」

「猶予？　そういやさっき精霊は待ってくれないとか言ってたな」

ふいにレオスは足を止めると、ノアの姿を眺めまわした。居心地が悪くて思わず眉を寄せる。すると彼は心底楽しそうに言った。

「貴様が現れた時の連中の顔を見たか。いや愉快愉快、日頃の鬱屈も晴れる。あれを見られただけでも貴様を妃に選んだ甲斐があったというものよ」

ノアの耳飾りを弄び、レオスは喉の奥で笑った。邪悪めいているが嬉しそうで結構だ。

「あんた……奴らへの意趣返しに俺を妃にしたのか」

「さあ、どうだろうな？」

ニヤニヤ笑いながらレオスはノアの頬に口づけた。男を抱いたことはないというわりに、躊躇なくノアに触れてくる。

（それを言うなら俺だって同じか）

レオスが性別など軽く超越する美形であるゆえか、触れられてもさほど嫌だと思えないのだ。近づけば花のような芳香が鼻腔をくすぐり、唇は柔らかくその舌は甘い。

（よくない兆候だ。……いや、待てよ。不快じゃないのはむしろ喜ぶべきことなのか）

それにしてもこのレオスという男、元老院への嫌がらせでノアのことを妃にしたらしい。レオスは近い将来このカルナ＝クルスの帝王となる。この巨大な帝国を統べる彼にとって、自身の結婚さえ瑣末なことなのかもしれない。

「ティア・ティシア、此奴のことを頼むぞ」

「御意（ぎょい）」

大広間に通じる階段前で、レオスが女に言った。そこでようやく彼女の名がティア・ティシアだと知る。

貴族の名前のようだが確信は持てない。ただ彼女の立ち居振る舞いには品があるので、当たらずとも遠からずではないかと思う。

ティア・ティシアはレオスが大広間に降りてゆくのを見届けてから、改めてノアに向き直った。その凍えるような眼差しに面喰（めんく）らう。

「どうぞこちらへ、皇太子妃様」

にこりともせずティア・ティシアは告げ、スタスタと廊下を進んで行く。ノアは慌ててそのあとを追った。

「なあ、待ってくれ。さっきあいつが言ってた儀式って、いったいなんのことなんだ」

急にぴたりと足を止めるものだから、ノアはティア・ティシアの背中に思い切りぶつかってしまった。頭ひとつぶん以上身長差があるにも拘らず、彼女はよろめきもしなかった。体幹がしっかりしている証である。やはり只者ではないようだ。

「まさか、そんなこともご存じないのですか」

「……は、はいっ」

あまりの迫力につい気圧される。ティア・ティシアはふう、と深いため息を吐き、両手で額を覆い隠した。

「レオス様はいったい何をお考えなのか」

「そうそう、あいつって謎だよな」

ノアが同意するとティア・ティシアは心底嫌そうな顔をした。若い女、しかもこれほどの美人にそんな顔をされると、さすがのノアも心が痛い。

「あんたの大事な皇子様に対し失言した。どうか許してくれ」

「わ、私の大事な……だなんて、っ」

ティア・ティシアがわかりやすく頬を赤くする。不貞腐れつつ、ノアは重ねて訊いた。

「そんで結局儀式ってなんだよ。俺は何をすりゃいいんだ」

ノアのことばにティア・ティシアはますます顔を赤くし、思い切りノアのことを睨んできた。なんという女難の日だ。

「神官でもないのに私の口から説明はできません。とにかく貴公はレオス様に従っていればいいのです」

ぷりぷり怒りながらティア・ティシアが手近にあった扉を開ける。適当に選んだわけではなかったようで、部屋の中には数名の女官たちが待機していた。

女官たちは笑顔で談笑していたが、ティア・ティシアの顔を見た途端ぴたりと全員が口を閉ざした。彼女たちの緊張がノアのところまで伝わってくる。

それを気にした様子もなく、ティア・ティシアは女官たちに命じた。

「儀式まであまり時間がない。すぐに準備に取り掛かってくれ」

「かしこまりました」

女官は四人いて、それぞれ美しかった。ティア・ティシアがやや男勝り（おとこまさ）であるのに対し、彼女たちはたおやかで優美だった。

「それでは頼んだぞ」

ノアには一言もかけぬまま、ティア・ティシアは部屋から出て行った。任された女官たちは互いに顔を見合わせてクスクス笑いだす。座りの悪い思いをしつつノアは訊いた。

「儀式って……俺は何をすればいいんだ？」

女官のひとりが小鳥のように首を傾げる。

「実は儀式の内容に関しては私たちもよく存じ上げないのです。お役に立てず申し訳ありません、お妃様」

「お妃様って……いや、まあ、そうなんだろうけど」

ノアがぼやいている隙に、女官たちの手によってあっというまに衣服が剥（は）ぎ取られてゆく。城にいた頃は湯浴み専用の女官がいたが、騎士団に入ってから世話になることはほとんどなかった。場慣れしていないせいもあり、つい身体が強張ってしまう。

　海に近い土地柄のせいか、ソウラの女は賑やかで逞しい者が多かった。ここは女官でさえ貴族の娘のように優雅である。ノアが下手に触れると壊してしまいそうで緊張した。

「こちらへどうぞ」

　手を取られ部屋の奥へと導かれる。ひとりが扉を開けると、むっとした湯気があふれてきた。そこは浴室だったが、驚くべきことにソウラにあるノアの寝室よりも広かった。

　木桶で汲んだ湯で軽く汗を流し大きな湯船に肩まで浸かる。女官の細い指で肩やら腕やら揉まれると、まるで天国にいるような心地よさだ。ノアは浴室内を見回した。

　獅子を象った石像が勇ましく吠え、その大きく開いた口蓋から湯が迸っている。それを見て金持ちめと僻むには風呂はあまりにも快適すぎた。

　すっかり温まったところで、湯船からあがる。石で造られた長椅子に腰を下ろすと、女官のひとりが黄金の壺を掲げてみせた。

「失礼致します」

　女官の掌にすっぽり包まれるほどちいさいが、ふんだんに宝石が散りばめられなんとも煌びやかだ。もうひとりがその蓋を外すと、浴室いっぱいに蕩けるような芳香が漂った。

　香油らしいが、ノアの知らない香りだ。少し甘すぎる気もするが、嫌な匂いではない。

「深く息を吸ってください」

　女官はノアに囁くと、裸の背中を上から下に向かってゆっくり撫でた。言われるがまま、湯気と一緒に芳香を胸いっぱいに吸い込んだ。

「は、あ」

目眩がして身体をまっすぐ支えていられない。ノアは椅子からずり落ちた。床には毛皮が敷いてあり、ノアの肌を優しく受け止める。

うつ伏せになった全身に、女たちの手が一斉に伸びてきた。香油を肌の隅々に塗りたくられる。耳の裏、脇の窪み、臍の中、手足の指の股、会陰部、さらには後孔まで。

「あ、あ、あ」

ノアは最初、自分が声を出していることに気づいていなかった。くちゅ、ぷちゅ、と淫らな水音が身体のあちこちから聞こえてくる。身を捩ろうとするが、指先を動かすのも怠いことに気がついた。

「く、ぅ」

臍を執拗に嬲られているうちに、僅かに腰が浮きあがる。自分がどんな姿態を取っているのかノアにはもう意識がなかった。

女たちに尻を突き出すような格好に気がついたのは、彼女たちの指が最奥に差し込まれたからだ。

「う、あ」

排泄に使う場所を暴かれる。汚辱感に身震いする筈が、手足に力が入らなかった。

嫌になるほど時間をかけて細い指がさらに狭い場所を行き来する。

下腹にじゅくじゅくとした熱が籠ってゆく。その感覚は不快でもあり同時に快感でもあった。混乱し、身悶えた。気がつけば乳首を摘まれ、猛った陰茎にも指が伸ばされていた。

「も、止め、ひっ」

尻に指を埋められて、優しく髪を撫でられる。なんと惨めなのだろう。だがどこか甘やかな感覚にノアは胸が苦しくなった。

（俺は、どうなるんだ）

下腹にひやり、とした感触を覚え、ノアは息を詰めた。しょりと音がして、下生えを剃られたことに気づく。これでは貧民街の売女のようだ。ノアは屈辱に身を震わせた。底なしの沼に引きずり込まれてゆく。

（あ――）

ふと、呼吸が楽になる。ノアは両目を瞬いた。

いつのまにか女官たちの悩ましい責め苦は終わっていた。朦朧としていた意識が、ようやくはっきりしてくる。

「ここは……？」

身を起こそうとして果たせないことに気づく。仰向けに寝そべりながら、ノアは周囲の状況を探ろうとした。

どうやら自分は固い台の上に寝かされているようだ。敷布越しにゴツゴツとした感触が背中や頭に伝わってくる。

天井は遠く、壁は岩でできていた。まったくの暗闇ではないが、明かりは乏しい。

（え？）

影がのしかかってくる。抗おうとしたが、手を持ち上げることさえできなかった。さっきよりも幾分マシだが身体の自由が利かない。

（くそ、あの香油のせいか）

今更気がついても後の祭りだ。影がノアを圧倒する。力を振り絞ってどうにか顔を背けたが、顎を掴まれて無理やり正面を向かされた。怖れを払い、必死に目を凝らす。

「レオス、おうじ？」

ようやく影の正体が判明する。ノアを見下ろすレオスの顔つきは冷ややかだったが、こめかみを撫でる指は優しかった。

肌が触れ合っているので、お互い一糸まとわぬ全裸であることがわかってしまう。時折視界が揺らぐのは、媚薬の余韻ばかりではなく、光源がろうそくであるためだった。

抜けるように白い肌はまるで陶器のように滑らかだ。逞しい胸と盛り上がった肩、見事に引き締まった腰、とても生身の人間とは思えない完璧な身体。レオスの肉体を前にしてノアは見惚れるよりも先に畏れる気持ちがこみあげてきた。

同じように、レオスの視線がノアの肌を這ってゆく。頭の先から足先までじっくり眺めまわしてから、彼はノアの膝を大きく左右に割り開いた。

女ではないが、不浄の場所を覗き込まれ、あまりの屈辱に瞳が潤む。もしも身体の自由が利いたなら、相手の両目を潰していたかもしれなかった。

その時だった。涼やかな音色がノアの沸騰する頭に水を差した。

ハッとしてあたりの様子を確かめる。リンと空気を震わせるのは、鈴の音のようだ。

それから男の詠唱する低い声がして、女の歌声がそれに続いた。ひとりやふたりではない、数多の声が被さってゆく。

レオスの肩越しにノアは視線を彷徨わせた。目があたりの暗さに慣れたのか、自分たちを取り囲むようにして百人ほどの人々が祈りを捧げているのが見えた。

（儀式ってのは、これのことなのか……？　ああ、くそっ。頭がぼんやりする）

大きく開いたままの足の付け根にぬるりとした感触を覚え、ノアは視線を向けた。

「あっ」

レオスの雄身は既に兆し始めている。昂りつつあるそれを、ノアの会陰から陰嚢にかけてゆっくりと擦り付けた。先端から滲みだした淫液が、まるで蛞蝓のようにノアの肌に跡を残す。

肌を粟立たせるノアを見て、レオスは嘲笑してみせた。反射的に相手を睨みつける。皇子は氷のような眼差しのままノアの両膝を掴むと、胸につくほど押しやった。

腰が浮き、尻がすっかり天井を向く。さすがに狼狽えるノアを見て心底楽しそうにレオスは笑った。

女官の指によって蕩かされた後孔をからかうように、レオスが雄身の括れを引っ掛ける。ノアが内腿をおののかせると、皇子は腰を押しつけてきた。

（畜生……ッ）

あまりにも容易く先端が沈む。挿入の衝撃に、ノアは短く声を放った。それに応えるように、レオスが一層腰を押しつけてくる。隘路を強引に開かれてノアは激しくかぶりを振った。

いつのまにか、男の詠唱も女の歌も止まっている。静まり返った広場にノアの声が響き渡った。

「あ、ああああ！」

決して少なくない人々に破瓜の瞬間を見られたうえ、その声まで聞かれてしまった。いくら軍人として揉まれたといっても、ノアは王子だ。

国民に傅かれ敬まわれながら育ったノアにとっては、すべてが悪夢だとしか思えない。妃になり子を生むことまでは了承したが、こんな見世物にされるとは思っていなかった。

中が馴染むのも待たず、レオスの激しい抽挿が始まる。痛みよりも浅ましい姿を見られることが苦痛で、ノアはちいさく啜り泣いた。

肉を穿つ淫らな水音があたりに響き、ノアの切ない声が人々の鼓膜を打った。

「――」

一番奥まで雄身を押し込んだまま、レオスはふいに身動きを止めた。腹の奥がジンジンと疼く。じっとしていられずノアは腰を揺らめかせた。

くっと息を殺し、レオスが苦笑する。勝手を咎めるようにぐいっと深すぎる場所を抉られて、ノアは動くのを止めた。

「――」

レオスが囁く。記録にも記憶にも残っていない、古い古い言語だ。失われた筈のことばを教えてくれるのは、精霊たちなのだろうか。ノアには彼らを見ることができない。

「あ、あっ」

我知らずノアは声を漏らしていた。下腹が熱い。レオスを受け入れた場所が切なくて堪らなかった。

「あう！」

一瞬だけ、肉が焦げるような匂いがして、ノアは鋭い声を放った。次の瞬間、臍の下あたりが急激に熱くなり、楕円の中に字がびっしり記された赤い紋様が浮き上がった。まるで赤い卵のようだ。ノアたちを取り巻く男たちが、ふたたび詠唱を始める。それに伴い女たちは歌うのではなく、淫らに喘ぎ始めた。

「あ、あ、んぅ」

じっと止まっていたレオスがふいに腰を蠢かす。最奥は随分彼に馴染んだようで律動が始まると、痛みを感じるのと同じくらい快感も覚えた。

「や、あ、ああ」

性器の付け根を腹の内側から押し上げられると、目の前にチカチカと火花が散る。尻肉を淫らにわななかせ、甘ったれた悲鳴を上げる。信じられないことに、ノアは男に犯されて感じていた。

レオスの掌が淫紋の浮かんだノアの下腹を撫でた。

「ひ、ああ、あぅ」

一番奥を深々と陰茎で抉られながら腹を押される。雄身と掌に悦処を押し潰される感覚にノアは

悶え悲鳴を上げた。

（ああ、ああ、なんて酷い）

　身も世もなく啜り泣きながら、ノアは尻をくねらせた。こんな快感は知らない。頭が真っ白に焼け付くような、怖ろしいほどの悦楽。こんなものを知ってしまったら、もう二度と自分の身体は元に戻らないだろう。

　無意識のうちにノアはレオスに縋りついていた。これだけ多くの人間がいるのに、今ノアが頼れるのは彼だけなのだ。何かが爆ぜ、腹の奥が灼ける。男の精を放たれたのだ。

「ああ、あああ！」

　高みから突き落とされる。ノアは手を伸ばそうとしたが、指先ひとつ動かせなかった。涙がひと粒こぼれ落ち、ゆっくりと敷布に吸い込まれてゆく。

　滑落する意識を繋ぎ止めるため、ノアは必死に瞬いた。己の意思とは無関係に幕が引かれ、あたりが急激に暗くなる。

　それでもノアは確かに見た。

　暗がりに浮かぶ蛍のように、飛び交う光たち。聖なるものたちの姿を確かに見た、と彼は思った。だが果たしてそれは現実のことなのだろうか。

　香油の薬効によってただでさえ意識は朦朧とし、今は瞼を開けていることもままならない。

「儀式は成功した。汝を我が妃とする。精霊たちの祝福をここに」

　その声を最後に、ノアは意識を失った。

3

目覚めは唐突に訪れた。

寝起き特有の気怠さに身を任せ、ノアはそのまま寝台でぼうっとする。

「はあ……」

随分長いこと夢を見ていた気がする。

王になるため城を飛び出したまでは良かったが、ノアはとんだヘマをしてしまった。カルナ＝クルスのレオス皇子の婚約者に手を出してしまったのだ。

ノアはその責任を取るためレオス皇子の妃にされて――。なんとも荒唐無稽な夢だった。

（それにしても……ああ、夢でよかった！　早く旅に出かけよう。俺だけの姫を探さなくちゃならない）

今なら絶対に選り好みなんてしない。女というだけで万々歳だ。悪夢を見たくらいで大袈裟だろうか。

（だって、本当に酷い夢だった。初夜の場面なんて、あまりにも生々しすぎた。なんだか今も尻に何か挟まっているような感覚が……）

そこまで考えてから、ノアは勢いよく身を起こした。

被っていたシーツを身体から引き剥がす。いつもなら裸で寝るのが常だが、今日に限って彼はゆったりとした寝衣に身を包んでいた。ノアにはこんなものを着た覚えがない。

鎧戸の隙間から細く光が差していて、部屋の中を見回すには十分な明るさだ。寝台の側に置いてある水差しがふと目に入った。

純金製の水差しと揃いのゴブレットには、ソウラのエンブレムである月桂樹ではなく柊が彫られている。柊は魔除けの木としても知られており、なにより某国のエンブレムであった。

その世界でも有数の大国の名は——。

(違う、ここはカルナ＝クルスじゃない！　俺は皇子の妃じゃないし、尻だって無事だ！)

そこまで思ってノアはふたたびベッドに突っ伏した。無事な筈の尻に言いようのない違和感を覚えたからだ。

(嘘だろ……なんか垂れてきた)

下着を穿いていないため、寝衣に直接染みを作る。冷たい布地が肌に触れるのが不快だった。しかしこの得体の知れない液体を自分で拭う気にもなれない。

いや、本当は液体の正体に気づいているのだ。昨夜嫌というほど注がれた皇子の子種——。

「わー！」

思わず叫んだが、腹に力が入ったせいでどろりと新たに粘液が溢れてくる。己の口元をきつく押さえた。

その時だ。何の前触れもなく扉が開く。

「朝から随分と騒々しいな」

ノックもせずに入ってくるなり、レオスは呆れ顔でノアを見た。反射的に睨みつけるが、相手がこちらに歩み寄ってくると、びくりと身体が竦んでしまう。

ベッドの中から見上げる格好のせいで、ただでさえ大きなレオスが余計に大きく立派に見えた。この男に、ノアは昨夜征服されたのだ。

ベッドの中にいたことは幸いだった。彼を見ると膝が震えて仕方がない。きっとまともに立っていられなかっただろう。だがノアは相手にそれを悟られたくなかった。

「……扉を開けるまえにノックくらいしろ」

レオスは不思議そうな顔をした。きょろきょろとあたりを見回し、ふたたびノアに向き直る。

「先ぶれに精霊を寄越した筈だが……まさか貴様、見えていないのか？」

レオスがノアに詰め寄ってくる。ノアはベッドの上で後ずさりしながら、ぼそりと呟いた。

「そんなもん、見えるわけないだろ」

レオスは片手で額を覆うと嘆くように天を仰いだ。ノアには何が起きているのかよくわからない。もしかして、結構深刻な事態なのだろうか。

「もしかして、俺はあんたの嫁失格とかそういう話？」

ノアのことばにレオスはさっと顔を戻し、寝台に乗りあがってきた。

「ええい、くそ。腹を見せてみろ！」

「やめ……っ」

寝衣を容赦なく捲り(まく)あげられる。腹どころか喉のあたりまで露(あら)わにされ、ノアは全身を強張らせた。

レオスの視線が己の下腹部へと注がれる。つられてノアも己の下腹を覗き込んだ。そこに赤い紋様がくっきりと浮かんでいる。男の精を受け止め、孕むための呪いだ。

いくら相手は同性といえども丸見えすぎる。ノアが慌てて足を閉じると、すぐに膝を押し開かれた。レオスの視線がノアの最奥へと注がれる。

「貴様、余がせっかく注いだ子種をこぼしおったな。精霊の姿が見えぬのも当然だ！」

男の手を払い、ノアは乙女のようにシーツを体に巻きつけた。騎士団の仲間にこんな姿を見られたらきっと己は悶死するだろう。

羞恥のあまり目に涙を浮かべながらノアは叫んだ。

「はあ？　それって儀式が失敗したってことじゃないのか」

剃られ犯され、挙句にその現場を大勢に見られ——結局失敗でしたなんて、あまりにも報われない。レオスは寝台に腰を下ろし、考え込むように俯いた。

「否……腹に印があるゆえ術式は問題なく発動している。だが手放しで喜べる状態でもないぞ」

突然レオスが覆いかぶさってくる。逃げようとしたが一瞬遅く、ノアはレオスの腕に捉まった。シーツを奪われ大きく広げられた膝の間に相手が身体を進めてきた。

「やっ、やめろ！」

とにかく全力で相手の胸を押しのけた。だがレオスのほうも負けてはいない。互いに無言のまま、寝台の上で取っ組み合う。

大きな手、強い力だ。いくらノアが身体を鍛えているとはいえ、体格は向こうのほうが上、しかも体勢はこちらのほうが圧倒的に不利だ。

（ここで退いたら、これからもずっと好き勝手犯られる……！）

既に一度抱かれているとはいえ、ノアにだって捨てられない矜持はある。

しばし膠着状態が続き、遂にレオスが声を荒げた。

「貴様、何故抗う！　情けをくれてやるから疾く股を開かんか！」

「あんたなあ！　いくらなんでもそりゃあんまりだろうがっ。そんな調子で今までよく女を口説けたな」

レオスは得意げに顎を反らすと、ノアに流し目をくれた。

「ふん、ことばなどいらぬ。余が視線をくれてやれば、それだけで遍くすべての女がしなだれかかってくるぞ」

ノアは天井を眺めながら「ふぅん」と相槌を打ってやった。

この皇子様の身なりでは城を抜け出し町に繰り出すなど不可能だろう。彼の言う女とは後宮に集められた女か、城に仕える女官たちのことだ。

ノアはほんのちょっとだけレオスのことを不憫に思った。この男は知らないのだ。世の中には金や権力に媚びたりしない、とびきりいい女がいることを。

（まあ、でも……たとえこいつが一文無しだったとしても、この顔でこの身体がありゃ、かなりの女がなびくだろうがな）

不毛な争いに嫌気が差したのか、ぶつぶつ言いながらレオスはノアの上から退いた。ほっとしてノアが衣服を直すのをじっとりした眼差しで眺めている。

「……なんだよ」

「これから王に謁見する。粗相（そそう）するなよ」

「馬鹿、そういうことは先に言え。こんなおふざけしてる場合か」

「余に対して馬鹿とはなんだ、馬鹿とは！　不敬であるぞ！」

レオスの怒鳴り声を無視し、ノアは寝台から飛び起きた。部屋に設えられているクロゼットに駆け寄ると、案の定そこにはびっしりと衣装（いしょう）が詰め込まれている。

あれでもない、これでもないと探していると、レオスが背後から忍び寄り、一着の外套を取り出した。襟が詰まっており、黒の天鵞絨（ビロード）生地に金糸で刺繍が施されている。無言で手渡されたが、たぶんこれがカルナ＝クルスの正装なのだろう。

それからレオスは表面に光沢のある綿の黒ズボンと鞣（なめ）し革のブーツ、絹の肌着を取り出した。

「女官を呼ぶか？」

「いい、自分で着る」

頷くとレオスは寝台に腰掛けて、ノアが着替える様子を黙って眺めた。別に今更恥ずかしいなどとおぼこぶるつもりはないが、気まずい時間なのは間違いない。

ノアが睨みつけると、レオスは片頬だけで笑ってみせた。なんとも邪悪な笑顔だ。

「人の着替えをジロジロ見るのがカルナ＝クルス家の嗜（たしな）みなのか？」

「妻の着替えを楽しんで、何が悪い？」

「……」

嫌味合戦はレオスのほうが断然上である。ノアはひたすら無心でブーツに足を押し込んだ。

「ほら！　準備できたぞ」

ノアが胸を張ってみせると、レオスは音もなく立ち上がり、一瞬ですぐ目の前に来た。驚きに声を失っていると、思いがけず優しい手つきで髪を撫でられ整えられた。

「まあ、腐っても王族といったところか。なかなか、悪くないぞ」

「……あんた、ひょっとしてそれで褒めているつもりなのか？」

ノアのことばにレオスは不思議そうな顔をした。

「当然だ、それ以外の何がある」

「あー……まあ、いいや。レオス皇子にお褒め頂き光栄に存じます」

「苦しゅうない」

皇子はノアの額に口づけると、なんでもない顔でスタスタと部屋から出て行った。男相手に照れる義理もないし、レオスは初夜を済ませた夫だ。そう己に言い聞かせてみたが、やはり多少は気恥ずかしい。

（まあ、まあな。皇子をメロメロにさせてから、俺がこの国を乗っ取ってやるんだ。だからこれも作戦のうちよ！）

早くせんか、と扉の向こうから怒鳴られて、生返事をしながら廊下に出る。

レオスが外に馬車を待たせているというので、ノアは内心首を傾げた。城内ではなく別の場所で謁見するのだろうか。

（そういえば、結婚する前に帝王の許しを請わなくてよかったのか。元老院はこいつがやり込めてたが……）

レオスに訊ねたかったが、あたりに衛兵や女官たちがいる場所では躊躇われる。馬車の中で訊けばいいかと、ノアは大人しくレオスに従って廊下を進んだ。

城を出て門へ向かうのかと思いきや、レオスは厨房棟へと足を向けた。忙しなく立ち働く料理人たちがノアたちを見て、跪く。

レオスはそれを手で制し先へ進む。厨房を抜けると穀物を貯蔵する蔵へと出た。

レオスが壁の前に手を翳すと、何もなかった場所に突如として扉が現れる。

こんなことで今更驚いたりはしない。そう言いたいところだったが、何度見ても魔法の力に驚かされてしまう。

どうやら地下へと続いているらしく、ノアが降りるのを躊躇していると、レオスはどんどん先へ進んで行く。覚悟を決め、ノアは扉をくぐり抜けた。

長い階段が現れる。背後でいきなり扉が閉まり、視界が闇に包まれる。堪らずレオスの名を呼ぼうとした瞬間、ふいに明かりが灯った。

「うわっ」

ノアの叫びが狭い通路に木霊する。うるさいとレオスに咎められたが、正直言ってそれどころではなかった。青白く光る球体が、ふわふわと宙に浮いている。

「これ……これっ！」

得体の知れないこの光る球体は、よもや人魂ではないのか。ノアは迷信深い人間ではなかったが、ここはカルナ＝クルスなのだ。精霊とやらが存在するのなら、人間の霊魂だってそこらに漂っているのかもしれない。

だがレオスは素っ気なく言った。

「ただの明かりだ、騒ぐでない。それよりも貴様、上ばかり見て足を踏み外すなよ」

「あ、ああ」

レオスが指を振ると、球体もそれに従って動く。どうやら彼の魔力で生み出したものらしい。

「これって、夜に帝都を照らしているのと同じものか？」

「そうだ」

ノアの問いかけに、レオスは面倒臭そうに頷いた。言われてみれば街に灯っている明かりも、同じように青白かったことを思い出した。気を取り直して先へ進む。

建物にして二階以上は下ったところで階段は終わった。明かりがその先を照らし、細い通路になっているのがわかった。どうやらここは抜け道のようだ。敵が攻め込んで来た際に、城主を逃すためのものだろうか。

（そんなの俺に教えていいもんなのか。……って、俺も城主の親族になったのか）

半刻ほど進んだところで通路は終わり、ふたたび階段が現れた。レオスが何も語ろうとしないのでノアもまたそれに倣う。

　これは幾つかある抜け道のひとつなのだろうが、もしも外部に漏れたりしたら、この国にどれだけの甚大な被害をもたらすことか――。

　ここにきて、ノアはもう何度目かの覚悟を決める。自分はカルナ＝クルス家の一員であり、レオスの妻となったのだ。

　階段を上がりきると、そこは既に城の外だった。振り向けば、空に突き出た見張り塔と城門が左手に見えた。

　レオスが小声で囁くと今ノアたちが出てきた筈の入り口は、跡形もなく消えてしまう。

　ノアは不思議に思って訊ねてみた。

「これは目眩しか何かで見えなくしただけなのか？」

「いや、結界を張っているので精霊の加護がなければ侵入することは不可能だ」

　答えながらレオスは木立のほうへと足を向ける。

　ついて行くと木々に隠れるようにして、屋根のついた二頭立ての馬車がふたりを待っていた。馬車の扉には柊のエンブレムがあった。

　御者がレオスとノアを見て跪く。家令らしき年嵩の男が、深く頭を下げてから馬車の扉を開けた。

　レオスは微かに頷くとノアの手を引き馬車に乗り込む。座席には起毛した子牛の皮が貼り付けられていた。

　座席に小さな籠が置いてあり、中にスグリの実や葡萄、林檎が入っている。朝食代わりに用意されたものだろう。

ノアは葡萄を一粒摘みながら言った。

「ところで帝王の許可も取らず、俺なんかを妻にして本当によかったのか。会った途端、首を刎ねられたりしないだろうな」

「心配か？」

「当たり前だろう」

大丈夫だ、と素っ気なく告げたきりレオスは押し黙った。これはいくら問いただしても無駄だろうと匙を投げる。どちらにせよ既に儀式は済ませたあとなのだ。きっともう今更引き返せないだろう。

（……とはいえ、肝心の精霊が見えないんだがな）

よく熟したスグリの実を口に放り込む。強い酸味と仄かな甘さで寝惚けた頭がすっきりした。

半刻も経たないうちに馬車が目的地に到着する。

「行くぞ」

御者を待たず自ら扉を開き、レオスが先に降りる。ノアも彼のあとに続いて降り、ぐるりと周囲を見回した。森の中にひっそりと白亜の塔が建っている。

（ここは……）

レオスは当然のように塔へ向かって歩いてゆく。見事に手入れされた庭には野バラやアイリスが咲き乱れ、柊の木が植えられていた。とてもカルナ＝クルス帝王がいるとは思えない寂しい場所だ。

しかし帝王は療養中と聞く。敢えてこのような場所に滞在しているのかもしれない。

塔へ入ると多くの天窓から光が差し込んでおり、思っていたよりもずっと明るい印象だ。衛兵はおらず女官がレオスとノアを出迎える。

「お待ちしておりました」

ノアたちは彼女に従って、螺旋階段を上った。ちょうど二階あたりに差し掛かると、踊り場があり、さらに上ると扉があった。

女官が扉をノックする。レオスが微かに頷くと、女官は礼をして階段を降りて行った。

レオスが自ら扉を開ける。まるで密会場所のようだと思いながら、ノアも扉をくぐった。

（え？）

中はノアの寝室の半分ほどの広さもない部屋で、寝台がぽつんとひとつだけ置かれていた。そこに身を横たえているのは、頭髪がすっかり白くなった老人だった。シーツの上に投げ出された手首がまるで枯れ木のようだ。窓からの光で部屋は充分すぎるほど明るかったが、はっきりと死の匂いが充満していた。

レオスは寝台の数歩手前で立ち止まると、片膝をつき、深く首を垂れた。ノアもまた彼と同じように膝をつく。

「拙子レオスお召しによって参上致しました、陛下」

やはりこの寝台に横たわっているのがカルナ＝クルスの現帝王であるようだ。齢は既に六十歳を越えたと聞く。かつてその勇猛さで鳴らしたものであるが、今やその面影はなかった。

「おおレオス、陛下はよさぬか。我が帝位は既におまえに譲ったのだ」

帝王のことばにノアは仰天した。彼のことば通りなら、レオスは既に帝王である。ノアの驚きなど一切構わず涼しい顔でレオスは告げた。

「失礼致しました──父上。本日は我が妻をお連れ致しました」

「そうか……こちらへ」

レオスに肩を小突かれる。早く行け、と声に出さず命じられ反射的に睨みつけた。まごついて前帝王を待たせるわけにはいかないので、ノアはその場で立ち上がり寝台へと近づいた。

「近う……」

前帝王が寝台から腕を伸ばす。その無残に震える指先を、ノアは慌てて捧げ持った。思いのほか掴んだ指は温かい。そのことにノアはほっとした。

「ノア・コルト・ツァル・ソウラにございます、前帝王様。レオス様にお目をかけて頂く僥倖を授かりました。これよりはカルナ＝クルス家の一員として恥じぬよう努めて参ります」

前帝王がゆったりと瞬いた。その瞳は白く濁り、光が失われていることが見て取れる。

(盲いているのか。だから俺の姿を見ても驚かなかったんだな)

だが声と指の感触でノアが男であることはわかった筈だ。日々剣を振るっていたため、掌の皮膚は厚く指には胼胝ができている。

前帝王は怪訝そうな顔になったが、やがて声を上げて笑いだした。

「なんと、そなたは男ではないか！」

レオスは笑いながら言った。

「然り。我が妻は男です」

親子揃っての笑い声の合唱に、ノアはどんな顔をしていいのかわからない。やがて笑いすぎたため前帝王が激しく噎せ、レオスが慌てて寝台に駆け寄った。

「陛下、陛下！　おい、女官を呼んで参れ」

「わかった」

レオスに言われて行きかけるノアの腕を、細い指が引き止めた。

「……不要だ。……ここに」

「御意」

ノアが指を両手で握ると、前帝王は大きく胸を上下させた。レオスはそれを気遣わしげな顔で眺めている。

「ノア、と言ったな。歳は取りたくないものだ。かつては竜王とまで称されたこの身だが、今はかくも衰え、精霊の加護も失った」

「……陛下」

「もう、陛下と呼ぶなと言った筈だ」

前帝王のことばにレオスは微かに瞳を揺らした。かつては絶大な力を誇った父親が、朽ちていこうとしている事実を受け止めきれていないのかもしれない。それはノアにも覚えのある思いだった。

レオスは寝台から離れ、窓辺へ向かった。逆光になり彼の表情が見えなくなる。

ノア、と前帝王から名を呼ばれ、急いで枕元に跪いた。

「我が息子レオスの妃よ。もはやこの目にそなたの姿は見えぬ。しかし精霊の力なぞ借りずとも、こうしているだけでその人となりは伝わってくる。どうかレオスの支えとなり、カルナ＝クルスに長き平定を……頼む」

どうやら自分は、前帝王にレオスの妃として認められたらしい。レオスとともに国を任せるとまで言われておきながら、ノアは咄嗟に頷けなかった。

「私には精霊の姿が見えません。このような私にレオス様の妃が務まるでしょうか」

先王は苦しげな息の合間に、それでもはっきりと声を発した。

「このカルナ＝クルスは黄金の都と呼ばれている。聖都、光の都と呼ぶものも多いな。我が国はたとえ夜であっても闇に閉ざされることはない」

はい、とノアが頷くと前帝王は淡く微笑んだ。

「闇に光をもたらすのは精霊たちだ。本来ならば余とレオス、そしてその兄キュロスとで灯す筈の明かりであるが、今はこのレオスがひとりでまかなっている」

ノアは元老院で会った茶髪の男を思い出そうとした。

（あいつの目は確か茶色……いや、それとも青だったたか？　うーん……）

男の目玉になど興味がないので忘れてしまった。とにかく金色ではなかったことだけは確かだ。

つまり兄であるキュロスに精霊の加護はないということだろう。それゆえ弟であるレオスが帝位を引き継ぐのだ。

血族のキュロスでさえ使いこなせない精霊の力を、果たしてノアに扱えるのか。

「その、場合によっては精霊に拒否される……なんてこともあるのでしょうか？」

「否」

前王はきっぱりとノアの疑問を否定した。

「彼らはただそこにある。拒むのはいつも人間のほうなのだ」

「それは……」

もしそのことばが真実なら、精霊が見えないのはノアが彼らを拒否しているから、ということになる。それだけは反論したかった。レオスのことは嫌いだが精霊は別だ。

「俺は彼らを拒んだりしていません」

「だが受け入れてもいないだろう」

レオスが横から口を挟む。ノアは一瞬ことばに詰まった。

「だって受け入れるって、どうやるんだよ。それを教えてくれなきゃわからないだろ」

帝王は黙ったままふたりのやりとりを聞いている。それに気がついてノアは声の調子を慌てて落とした。

帝王が軽く咳き込む。すぐに咳は止まったが、喉からひゅうひゅうと不吉な音が漏れている。

レオスはさっと顔色を変え、父親のもとへと駆け寄った。

「女官に水薬を」

「大事ない、おまえはいつも大袈裟すぎる」

ている。

「しかし……」

前帝王はぐったりと寝台に身を沈めた。瞼を閉ざした顔には疲労の影がくっきりと浮かび上がっている。

「少し疲れた。休む」

長居した無作法を詫び、ノアは部屋から退出した。珍しくレオスが後からついてくる。ふたりきりで話さなくていいのだろうか。

（こいつが必要だと思ったら、そのとおりにするだろう）

螺旋階段を降り、一階へと戻る。あれだけ明るいと思ったのに、妙に視界が薄暗く感じた。

「帝王を頼む」

「御意」

レオスは女官に声をかけると、出口へと足を向けた。今度はノアに先を譲ることはしない。大人しく彼のあとに従いながら、逞しい肩と広い背中をじっと眺めた。

カルナ＝クルスという大国を背負うのに相応しいのか。そもそもそんなものをたったひとりの人間が背負い切れるものなのだろうか。

馬車に乗っても、レオスはずっと黙りこくっていた。

（普段偉そうな男が悄然としていると調子が狂うな）

己の耳飾りにそっと触れる。ソウラの先王は、何故かノアに優しかった。既に退位し離宮に住んでいた彼は、幼いノアをたびたび呼び出しては構ってくれた。

耳飾りはノアが五つになった誕生日に先代から譲られたものだ。その翌年彼は逝去した。

車輪の奏でる喧しい音に負けないように、ノアは声を張り上げる。

「おい！」

少しぼんやりしていたらしく、レオスがびくんと肩を震わせた。鬱陶しげな視線を向けられたが、そんなことを気にしていたらこの男とは付き合えない。少し声を落としてノアは訊ねた。

「帝王は、お加減がよくないのか？」

レオスが睨みつけてくる。だがノアが本当に心配しているのが伝わったようで、彼は緩くかぶりを振った。

「情けない顔をするな。貴様ごときが憂虞したところで、いたずらに宸襟を悩ませるだけぞ」

「わかった」

大人しくノアが頷くと、レオスはちいさく息を漏らした。

「先に大きな戦があった。その際王は少々を無理をされて、それからあの塔に自ら移ったのだ……」

それだけ言うとレオスは口を噤んだ。ノアは唐突に理解した。先王がいたあの塔は宮殿ではない。王墓なのだ。先王は己の死期を悟っているのである。そしてレオスもだ。

過ぎ行く木々を眺めながらノアは訊いた。

「ところで街の明かりをあんたがひとりで灯しているって本当なのか？」

ノアが訊ねるとレオスはいつもの調子に戻って言った。

「別にそれくらい、なんともない。なんなら隣の国まで照らしてやっても余はかまわぬ」

「大変なんだな、あんたも」

ノアのことばにレオスは呆れた顔をした。

「何を他人事のように言っておる。貴様が精霊の加護を得れば我が負担も軽くなるのだぞ」

「わ、悪かったな！」

馬車の速度が徐々に落ちてゆく。既に森は抜けていたらしく、城壁が見えた。ノアは馬車から首を出し、思い切り息を吸い込んだ。生の匂いがそこかしこに満ちている。

やがて馬車が完全に止まり、外から扉を開かれる。恭しく頭を垂れる家令の手を断り、レオスは自ら地に立った。ノアはレオスの手を借りて、というよりもほとんど引っ張られるようにして馬車から降りる。

レオスが手を上げると、馬車は城門とは違う方向へと走り去った。

「何を惚けている」

いつの間に結界を解いたのか、秘密の入り口が見えている。レオスに促されノアは階段を降りた。

「止まれ」

数段降りたところで声をかけられる。言われたとおり歩みを止めると、あたりが暗闇に閉ざされた。レオスが入り口を隠したのだろう。来た時と同じ、青い球体が現れる。

「なあ。あんたも城を抜けて、街へ遊びに行ったりしてた？」

薄暗がりの中を黙々と歩くのが苦痛で、ノアは口を開いた。

「あんた『も』とはなんだ。貴様はそんなことをしていたのか」

ノアは目の前をふわふわ漂う青い光を指でつついてみた。勿論なんの手応えもない。

「していたとも。ずっと城にいたってつまらんだろ」

「いつもやることが山積みで、目の廻るような忙しさだが」

「まあソウラは田舎だし、俺には兄が三人いたからなあ」

ふん、とレオスが鼻で笑った。一応相槌を打っているつもりなのかもしれない。

「あんた、知らないだろ。帝都の西外れにあるバケツ亭って店、なかなか美味いエールを出すんだぜ」

「然様な店を余が知っているわけがなかろう。そもそもエールはあまり好かぬ」

「次の帝王であるあんたより、俺のほうが帝都のことを知っているようだな」

「それを言うなら余は既に帝王だ」

さきほど前帝王のところで聞いた時にも不思議だったが戴冠式はどうしたんだろうか。

ノアが訊ねるとレオスは鼻を鳴らして言った。

「あんなもの見世物にしか過ぎぬ。とはいえ戴冠式は執り行う予定であるし、それまでのあいだ対外的に我が帝国の主人は父上である」

この通路はあとどのくらい続くのだったか。時間の感覚がおかしくなりそうだ。

「精霊の加護を得たから、帝位を譲られたのか？」

「否。精霊の加護なら、生まれた時から授かっている」

そうか、と頷いてから気になったのでノアは訊いてみた。

「生まれた時から精霊が見えたりってのは、血族の人間にはよくあることのか？」

何故か急速に光がちいさくなり、かき消える。突然壁に押しつけられ、ノアは驚いた。暗がりの中、衣擦れの音と互いの息の音だけが聞こえる。身体をあちこちまさぐられ、ぞっと背筋に鳥肌が立つ。

「まったくもって〝普通ではない〟な。通常であれば早くて十、発現が遅い者だと成人の頃に精霊との繋がりを得る。逆にその頃までに加護を受けなければ、生涯精霊とは無縁の人生となる」

「いきなりなんだよっ……!?　こんな場所で盛るな！」

身を捩りなんとか相手を押し返す。急に相手の体温が離れ、明かりも元に戻った。

「ふん、己の妻に手を出して何が悪い」

レオスのことばにノアはうっとことばを詰まらせた。こんな男と婚姻関係を結んでしまった自分が憎い。

最悪なのはレオスに触れられると、下腹に刻まれた例の徴が妙に熱くなることだ。今もジンジンと痺(しび)れるような疼痛(とうつう)がある。ノアは唇を噛み締めた。

「だからって、こんな場所はあんまりだろ。……せめて寝台の上にしてくれ」

「これはまたおぼこいことを」

レオスとともに光が移動する。暗闇に置き去りにされかけて慌ててあとを追った。

「俺だってなあ、女とだったら寝台以外でだって楽しむっての」

妙なところで負けず嫌いを発揮(はっき)して、思わずノアは呟いた。するとレオスがすかさず食いついてくる。

「ほう、例えば何処で？」

「そりゃ路地裏だとか……どっかの馬小屋に忍び込んでってのもあったし、あとは馬車の荷台ってのもあったな。ありゃあなかなかよかった」

ノアが得意げに告げるたび、レオスの笑みが深くなる。最後に彼は頷いた。

「覚えておこう」

しばらく無言で進んでから、ノアははたと気がついた。

「あんた、俺に同じことするつもりじゃないだろうな」

「さあ、どうだろうな」

「ぜ、絶対にしないからな！」

本気で焦ったせいか、つい声が引っ繰り返る。それが相手のツボに入ったらしく、声を立てて笑われた。

（ああ、もう！　本当にこいつ嫌いだ！）

階段を上り、地上へ出ると地下へ続く扉はふたたび消えてしまった。精霊の加護さえ得られれば、ノアもこんな力を使えるようになるのだろうか。

そういえば、さっきはその精霊の話をしている最中、レオスにいきなり迫られた。

（誤魔化されたんだよな、たぶん。もしかして俺に言いたくないのか？）

レオスを問い質そうと厨房を抜け中庭に出た途端、家令に呼び止められた。

「レオス殿下、ノア皇太子妃。どうぞ朝餉の支度ができております」

「執務があるので余は不要だ」

素っ気なく家令に告げ、レオスはその隣へ視線を向けた。そこにはティア・ティシアが控えており、しかも兵士の格好をしている。これが本来の彼女なのだろう。

「朝餉が済んだらコレを後宮へ連れて行け」

「御意」

ノアを指してレオスがティア・ティシアへ告げる。後宮ということばにノアは思わず相好を崩した。ティア・ティシアから冷ややかな眼差しを向けられて、軽く咳払いをする。

こちらを見てレオスが言った。

「暇を持て余した挙句、街へ繰り出されては適わぬからな。貴様もカルナ＝クルス家の一員なのだと自覚を持つことだ」

「あー御意御意」

ノアがいい加減に返事をすると、ティア・ティシアが憤死しそうな顔をする。家令からも睨まれたので、ノアは愛想笑いを浮かべてみせた。

「貴様という奴は、見ていて本当に飽きぬな」

馬鹿にしているのか、それとも感心しているのか、レオスのことばにノアが噛みつこうとすると、腰を抱かれそのまま深く口づけられた。当然のように舌が入ってくる。咄嗟に舌で押し返したせいで、結果として相手に応える格好となった。

家令たちに見守られながら、濃厚な接吻を交わす。尻を撫でられたところで我に返り、ノアは相手の胸を突き飛ばした。

「あんたなあ！」

「なんだ照れておるのか、愛い奴め。わかっておる続きは寝室でたっぷりとな」

ざざっと背後で音がしたので振り向くと、よろめいたティア・ティシアを家令がそっと支えている。立ち眩みでもしたのだろうか、とノアは呑気に考えた。

「ティア・ティシア、あなたの思いはよくわかります。ですが今はお役目が」

「ええ、わかっております。あまりの衝撃に、私としたことが失礼致しました」

家令の手を退け、ティア・ティシアは真っ直ぐ立った。大丈夫か？　と訊ねるノアへ凍えるような一瞥をくれる。

傲慢な王様の相手をするよりは、怒れる美女のほうが何百倍もマシである。ノアがニコニコ笑っていると、ティア・ティシアは気味が悪そうな顔をした。

「おい、貴様」

レオスに呼ばれて視線を向ける。腕を組み、彼はいかにも傲岸にノアを見下ろした。

「精霊について教えろと言っていたな。彼の者たちをどうやって受け入れ、そして受け入れられるのか知りたいと」

ああ、とノアは頷いた。いちいち偉そうなのが癪に障る。

「勿体ぶってないで早く教えろ」

無遠慮なことばにティア・ティシアの額に青筋が立つ。不敬だと言いたいのだろう。

その場の張り詰めた空気を断ち切るようにレオスは告げた。

「カルナ＝クルス家の一員として、見事役割を果たしてみせよ」

「え？」

レオスは白い外套を翻し、宮殿ではなく礼拝堂へと足を向ける。言い返すことも忘れノアはその背を見送った。

（役割を果たせってなんだよ、それ。政務につかせる気もないくせに）

ノアがレオスのことばについて考えていると、ふと隣に気配を感じた。視線を向ければティア・ティシアがじっとこちらを見つめている。

レオスのことなど頭から締め出し、ノアは彼女に言った。

「それにしても後宮ってのは男子禁制なんだろ？　いくら俺がレオスの妃とはいえ、行ってもいいのか」

ティア・ティシアがいきなり立ち止まったので、危うくその背中にぶつかりそうになった。

「レオス皇子からお話を伺っていないのですか。皇子はいずれ貴殿に後宮の管理を任せたいと仰っていましたが」

「はい？」

そんなこと当のレオスからはひと言も聞いていないし、ノアは困惑するばかりだ。騎士団にいたから目下の面倒を見るのには慣れているが、扱っていたのは野郎ばかりである。

　後宮の女たち相手など、いくらなんでも勝手が違いすぎる。

「そりゃ無茶ってもんじゃないのか」

　ノアのぼやきに対し、ティア・ティシアは凍えるような眼差しを送ってくれた。

「レオス皇子のお考えに間違いはありません」

　呆然としたまま食堂へと案内される。用意された朝食をもそもそ口に詰めていたが、ノアはちいさくかぶりを振った。

（要するに後宮を統べるのが俺の役割だって言いたいんだろ。いいぜ、やってやろうじゃねえか！）

　女官が注いだミードを飲み干しながら、ノアは気合を入れ直した。

（まあ、何をするのかさっぱりだけどな！）

　景気づけにミードをがぶ飲みするノアのことを、ティア・ティシアは相変わらず冷ややかな眼差しで眺めていた。

4

ノアとティア・ティシアは主館から繋がる屋根付きの歩廊を進んでいた。この先に後宮があるのだ。レオスの妃になったとはいえ、元々女は嫌いではない。ノアが期待で胸を膨らませたところで、誰が彼を責められよう。

「お足元にお気をつけください」

「ミードを二、三杯引っ掛けたくらいで酔うかよ」

「五、六杯はお召しになっていらっしゃったようですが……」

ノアが聞こえない振りをしてみせると、ティア・ティシアは呆れた様子で息を吐いた。確かに朝から少々飲みすぎたかもしれないが、足取りはしっかりしている。

歩廊のしまいに豪奢な装飾が施された両開きの扉が現れる。見張りの兵がふたり配置されており、ノアたちを見て交差していた槍を解いた。

「ノア皇太子妃をお連れした。通るぞ」

ノアに敬礼をし、兵士たちは扉を開いた。

「は、どうぞお通り下さい！」

扉を通った瞬間、花のような香りがノアの鼻腔をくすぐった。まさしく女の園に相応しい芳香である。

「後宮は二階建てになっており、ここ二階は大広間と女たちの部屋、一階には中庭と娯楽室がございます」

「……ッ！」

ノアとティア・ティシアを出迎えに、数十人の女たちがずらりと左右一列に並んでいる。ぱっと見た限りどの女も素晴らしい美貌の持ち主だ。その中でも取り分け目を惹かれたのが、浅黒い肌がエキゾチックな黒髪美女と、抜けるように白い肌を持つ金髪美女だった。

このふたりの美女たちは、それぞれ列の先頭に立っていた。

「初めまして後宮の皆さん。俺はノア――」

ノアのことばを遮るように、女たちが一斉に喋りだす。

「お待ちしておりましたわ、皇太子妃様。私はこの後宮の女主人、アーリヤです」

「本当に皇太子妃は男の方なのね。私はルカと申します、お見知りおきを」

「ネルファです、皇太子妃様」

女たちの自己紹介がつづく。ノアは盛大に相好を崩した。これほどの美女たちにいっぺんに囲まれるなど、生まれて初めての経験だ。

ティア・ティシアはさり気なく部屋の隅へと移動する。

（扉が見える位置……侵入者に対峙できるようにか。彼女は護衛のためにここにいるらしい。男子禁制だから、女の兵士が必要ってわけか）

ノアは女たちに意識を戻した。もうすぐ全員の紹介が終わる。

向かって右手側の金髪美女が、この後宮を取り仕切っているというアーリヤだ。

「ああ皆さん、本当になんてお美しい！　こころからレオス皇子が羨ましいですね」

ノアがつい本音をこぼした瞬間、何故かあたりの空気が一変する。

女たちは笑顔を浮かべたままだったが、明らかにその視線には棘があった。

（あれ？　俺、なんか失敗した？）

女たちの向こうでティア・ティシアが額を押さえている姿が見えた。

「おことばですが皇太子妃様、私たちが羨ましいのはあなた様なのですよ」

麗しのアーリヤに凄艶な流し目を向けられて、ノアは思わずたじたじとなった。それなりに女の扱いには自信があったが、それはあくまで町娘たちを相手にしてのことだ。

この後宮にいるのは世界でもっとも洗練された美女で、しかもそれが何十人といるのである。

「え、あ」

細い指で顎を掴まれたかと思ったら、ぐいと首をねじ曲げられた。燃えるような赤毛の美女にじっと瞳を覗き込まれる。

「まさかあの御方が男性と結婚なさるなんて……」

言葉遣いは丁寧だが、彼女の瞳には怒りの炎がちらついて見える。ノアの背中に冷たい汗が噴き出した。

皆なまじ美しいだけあって、言い知れぬ迫力があるのだ。次にことばを引き継いだのは、黒髪で褐色肌の美女、ネルファだった。

「レオス殿下のお情けを頂戴するため、私たちは日々努力を惜しみませんでしたの。それなのに、どこの馬の骨とも知れぬ男が、レオス殿下の妃となるなど……」

遅まきながらノアはようやく気がついた。綺麗な花には棘がある。そしてここに咲き誇る花たちは、棘どころか毒を孕んだ毒花であると。

「は、はは……」

ここは一旦退いたほうがいいのではないか。そんな考えがノアの脳裏を過る。だがまだ来たばかりであるし、何よりやはり惜しいのだ。

これだけの美女といっぺんに会える機会など、そうそうない。レオスの妃とはいえノアは男である。つまり何かの弾みで後宮への出入りを禁止されることもあり得るのだ。

ぐっと腕を引かれ、ノアはそちらへ視線を向けた。赤いドレスを身にまとった女が、ぎゅっとしがみついてくる。コルセットに押し上げられた豊かな胸に目を奪われていると、いつのまにか長椅子まで移動していた。あっというまに女たちに取り囲まれる。

（あー……最高。ひとりふたり持ち帰れないかな）

両隣を美女に挟まれた挙句、床に座ってノアの膝に頭をもたせてくるものまでいる。まさしくノアが思い描いていたハーレムの図だ。

「お茶をどうぞ、皇太子妃様。後宮へようこそいらっしゃいました」

ノアがすっかり脂下(やにさ)がっていると、巻き毛の少女が白磁のカップを差し出してくる。まだ十四か十五か、正真正銘(しょうしんしょうめい)の美少女だ。

渡されたカップを覗くと、湯気の立つ蜂蜜色の液体から薬草のような独特の匂いが漂ってくる。礼を言ってノアはカップを持ち上げた。

「お口に合えばいいんですけど」

巻き毛の少女が上目遣いで首を傾げた。もうすこし育っているほうがノアの趣味ではあるが、これ以上なく可憐だ。

「ありがとう、頂くよ……」

へらりと頬を緩めるノアに、少女がくすりと笑う。ノアも微笑み返しながらひと口茶を啜り、次の瞬間「ごはっ」と盛大に噎せた。

舌の先が痺れる。一瞬毒を盛られたのかと疑った。薬草を煎じたような苦さだ。

「ご、ごめんなさい！　一応ハーブティーなんですけど、初めての方にはちょっと苦いかもしれなくて……あの、本当にごめんなさい！」

必死に謝ってくる少女をよそに、女たちが一斉にクスクス笑いだした。どうも予めノアがどんな態度を取るか、知っていたような気配がある。

（苦い茶で歓待か……）

文句を言おうとして、巻き毛の少女がちいさく震えていることに気がついた。

「皇太子妃様のお口に合わないものをお出ししてしまって申し訳ありませんでした」

細い手足に、華奢な肩。大きな瞳には透明な涙があふれ、今にもこぼれ落ちそうだ。

既にレオスの手がついているのかどうか知らないが、これだけ幼いと後宮にいるのがなんだか不悶に思えてくる。

意を決し、ノアは受け取ったカップの中身を一気に飲み干した。凄まじい後味に襲われて悶絶するノアを、少女は驚きの目で見つめる。

「ご馳走(ちそう)さまでした。お茶を、どうもありがとう」

空になったカップを受け取って、少女はちいさく頷いた。彼女が後ろに下がった途端、女たちが一斉にノアに群がってくる。

「まあ！　あの娘のお茶を全部お飲みになったんですのね」

「あら素敵。味はちょっと悪いけれど、身体にはとってもいいお茶ですのよ」

女たちのしなやかな腕がノアの身体に巻きついてくる。

「身体にいい？　まあ、確かにそんな味が……」

言いかけて、ノアは苦悶にちいさく呻いた。冷や汗がどっと全身から噴き出してくる。腹を抱えるノアを見て、女たちが再びクスクス笑い出した。

(嘘だろ、おい……)

女たちの指が伸びてくる。ノアは大いに狼狽えた。長椅子の上には逃げ場がない。

「ちょ、ちょっと皆さん……」

「皇太子妃様はレオス様と結ばれる儀式を行われたと伺いました。男性でも身籠(みごも)れるようになったことを示す徴が御身(おんみ)に現れるのだとか」

「後学のためにぜひ拝見したいですわ！」

いつものノアなら女の細腕などものともしないだろう。だが今は、腹に不吉な痛みを抱えている。このままでは着ているものをすべて剥がされてしまいそうだ。

救いを求めて視線を彷徨わせると、女たちの向こうに苦い顔をしたティア・ティシアの姿が見えた。

「あら皇太子妃様、なんだかお顔の色が優れませんこと」

「さきほどのお茶のせいじゃないかしら。あのお茶は、身体の毒素を外へ出す効能を持っているんですのよ」

「まあ、とっても身体によさそう」

女たちに半裸に剥かれつつ、ノアは必死になって叫んだ。

「ティア・ティシア！　頼む、助けてくれ！」

女たちのさざめくような笑い声。腹の痛みがノアに限界を訴える。思わず気が遠くなりかけていると、ぐっと強い力で腕を掴まれた。

「おまえたち、戯れがすぎるぞ。この方は一応皇太子妃だぞ」

一応というのは余計であるが、ティア・ティシアのひと声に女たちは笑うのを止めた。皆、彼女に従っているようだ。

（うう、それならもっと早い段階で止めてくれ……）

胸の中で泣き言を言いながら、ティア・ティシアの肩を借り扉へと向かう。その途中にはアーリヤが冷笑を浮かべて佇んでいた。

「まあ、随分とお早いお帰りですのね」

ティア・ティシアは答えず、ノアも声を出せるような状態ではない。アーリヤが手を叩くと、後宮付きの女官がよく磨かれた陶器（ポット）をこちらへ向かって差し出した。おまるだ。

「厠塔（かわやとう）まで間に合わないのではなくて？　もしよかったらこちらをどうぞ、皇太子妃様。女同志なんですから、遠慮せずここで致してくださってもよろしいのに」

「お気遣い感謝する、ミストレス・アーリヤ。美しいばかりではなく、あなたは優しい方だ」

額に脂汗を浮かべながらノアが告げると、アーリヤは戸惑ったような顔をした。

「行くぞ」

ティア・ティシアに半ば抱えられるようにして扉をくぐる。見張りの兵士がノアの様子を見て慌てるのを彼女は鋭く制した。

「構うな。ノア皇太子妃は私がお連れする」

「は！　失礼致しました！」

行きとは打って変わって地獄のような長さの歩廊を、ノアたちはよろよろと進む。

「とんだ歓迎でしたね」

珍しくティア・ティシアから話しかけてくる。彼女はどこまで知っていたのだろう。そう考えてから、ノアは思いを打ち消した。彼女が知っていようといまいと関係ない。

すべては自分と後宮との問題なのだ。

「手強い女性は好きだ。落とし甲斐があるからな」

「負け惜しみですね」

的確な突っ込みに、ノアは腹が痛むのも忘れて笑ってしまった。なんだか不思議そうな顔でティア・ティシアがこちらを見ている。

「ありがとう、君がいてくれて助かった。さすがにあんな美女たちのまえで粗相をするのはいたたまれない」

「……私は命令に従ったまでです」

連れない横顔に苦笑しつつ、厠塔まで急ぐ。ティア・ティシアの尽力もあり、彼の尊厳はどうにか無事保たれたのだった。


近隣の諸公を招いた晩餐（ばんさん）は豪華だったが、ノアはほとんど手をつけられなかった。昼間後宮で飲んだ茶のせいだ。

「おや、皇太子妃はブラックプディングがお嫌いですか。代わりに鴨肉をもっと如何（いかが）ですかな？」

長すぎて覚える気も失せる名前の男は、確か子爵だった筈だ。彼はノアの皿を見て指摘した。

「少々体調が優れなくて……。卿（けい）のお心遣いに感謝致します」

気取った服を着て食事をするのも、丁寧な言葉遣いも、はっきり言って性に合わない。ノアは熟成された芳醇（ほうじゅん）なワインよりも安っぽいエールのほうがずっと好きだ。しかしレオスの妃という立場である以上、これも大事な公務のひとつだと心得ている。

「それにしてもソウラのノア殿といえば、ここカルナ＝クルスでも名の知れた剣士であらせられる。いつか某とも手合わせを願いたいものですなあ」

顎に立派な黒髭を蓄えた男爵が、骨つき肉に手を伸ばしながら言った。首が太く、肩も胸も逞しい。なにやら腕に覚えがありそうだ。ノアはワインで唇を濡らし、目を伏せた。

「私などまだまだ若輩者です。ソウラを離れこの地で名を知られているのも、吟遊詩人が大袈裟に語ったせいでしょう。私の剣術など、卿の足元にも及ばないかと」

髭の男は満更でもなさそうな顔で頷いている。ノアは一瞬だけ目を細めたが、すぐに笑顔を取り繕った。

ここにクラカがいれば、驚いてひっくり返ったに違いない。ノアがおべっかを使うのは、それほど珍しいことなのだ。

そのクラカはノアとレオスの結婚を知らせるため、現在ソウラへと向かっている。カルナ＝クルスからソウラまでは早馬で駆けても十日はかかるため、彼がこちらへ戻る頃には暦が変わっているだろう。

貴族なんて糞食らえ。彼らの皮肉をちりばめたお上品なお喋りは、ノアには退屈極まりない。いっそ酔い潰れてしまいたいが、そうもいかないのがつらいところだ。

（ティアに念を押されてなきゃな……）

昼間の一件で、ノアはすっかりティア・ティシアに頭が上がらなくなっていた。その彼女から今宵は大人しくしているように厳命されたのである。

『今宵の正餐には諸公が集います。どうか貴殿はレオス様の妃でありますこと、重々お忘れなく』

彼女にとってノアはレオスのおまけでしかないのが言動の端々から伝わってくる。ティア・ティシアのレオスへの態度はもはや信仰に近かった。

そのレオスは公爵夫人にしきりに話しかけられている。

「西のほうでは先の嵐の影響で、相当被害が出たとか。農民たちが税を出し渋っていると伺いましたわ」

「西部へは既に人をやっている。公爵夫人が案ずるまでもない」

「まあさすがはレオス殿下。農民を甘やかしてはなりませぬ。彼奴らは放っておけばどこまでもつけあがりますもの。徹底的に絞りあげておけば反乱する気勢も殺がれますから」

紅をたっぷりつけた唇で、公爵夫人は骨つき肉に齧りついた。レオスは相手のことばには答えず涼しい顔でワインを啜っている。

（これだから貴族って奴は……）

今食卓に並べられているすべての食材は、その農民たちが血と汗を流し作ったものだ。不作なのに税を重くすれば彼らの食べるものはどうなるのか。

「農作物が不作だったなら、今年だけでも税を負けてやることはできないのか？」

堪らずノアはレオスに訊ねていた。彼は静かに黄金のグラスを置くと、冷ややかな眼差しをこちらへ投げた。

「わかりもせぬくせに、政治のことに口出しするな」

厳しい声音に一瞬部屋中がシンと静まり返る。取りなすように公爵夫人が笑い声をあげた。

「ノア様はなんとお優しい方なのでしょう。ソウラは鉱山が盛んなお国柄、こちらの事情にはまだ疎くていらっしゃるご様子。レオス殿下にお任せしていれば間違いありませんことよ」

公爵夫人に流し目とともに、手の甲を指で撫でられる。なんとなくぞっとしてノアが背筋を震わせると、にやりと微笑まれた。ここは寝室かと思わず錯覚しそうになる。

ノアは適当に愛想笑いで誤魔化した。それを一体どう受け取ったのか、公爵夫人に耳元で囁かれた。

「お噂と違って、初心ですこと」

とどめのようにふうっと息を吹きかけられ、ざわっと全身に鳥肌が立つ。人々はそれぞれ歓談に戻っていたため、ふたりのやりとりに気づくものはいなかった。

(――あ?)

横顔に視線を感じておもてをあげると、レオスの凍えるような視線とぶつかる。何故そんな目で見られるのかわからずノアは困惑した。

(なんで俺が睨まれなきゃ……ひょっとしてこいつ、公爵夫人を狙ってるのか。おいおい趣味が悪いとかなんとかいう前に、相手は人妻だぞ！)

つい胡乱な眼差しで見返すと思いがけず互いに見つめ合うような格好となった。妻が狙われていることにも気づかず、公爵本人はしきりにレオスへ話しかけている。

ふたたび指を撫でられて、ノアはびくっと反応してしまった。公爵夫人の息が荒い。

「まあ、さすが新婚だけあってお熱いのね。あなたとレオス殿下がどんなふうに愛し合っているのか、私とても興味がありますの。いつか、おふたりの閨にご一緒させて頂きたいわ」

ノアは女に迫られることに慣れている。だが夫人の誘いはあまりにもあけすけだった。

（うう、都会の女は怖い……）

レオスの目つきがますます険しくなるのを感じ、慌てて指を引っ込める。ノアは夫人に弱々しく微笑んだ。

「レオス殿下がお許しになれば、はは」

ノアのことばに夫人は満足げに頷く。晩餐の間中、レオスの鋭い視線が和らぐことはなかった。

食事が終わり紳士たちが喫煙室へと向かったのを機に、ノアは自室へと引っ込んだ。

女官の手を借りず湯浴みする。少し迷ったがノアはしっかり寝衣をまとった。何か不測の事態が起きたとき、全裸では何かと都合が悪いだろう。

寝室へ戻ると日中の疲れが一気に出て、ノアは寝台へと倒れ込んだ。

（見習い騎士だった頃よりも疲れた……）

あっというまに夢の世界へと引きずり込まれる。泥のように眠っていたが、夜中、扉の開く音にノアは一気に目を覚ました。

枕の下に仕込んでいた短剣を構える。息を殺していると、暗がりにぽっと明かりが灯った。

「……あんたか」

ノアは息を吐きながら剣を下ろした。青い光を漂わせながら、呆れ顔でレオスが言った。

「貴様の寝台に潜り込むのは命がけだな」

「あんたが気配を消して入ってくるからだ。どこの間者かと思った」

レオスが腰を下ろし、寝台が軋む。夜のしじまにやけにその音が大きく響くようで、ノアはちいさく息を飲んだ。耳飾りを外した裸の耳朶を、レオスが指でくすぐった。

「後宮では散々な目にあったようだな」

笑いを含んだ囁き声とともに指が寝衣の裾を割る。腿の内側を撫でられて、咄嗟に相手の手首を掴んでいた。

「あんた、知っていて俺に教えなかったな」

「なんのことだ？」

もう片方の手で乳首を摘まれ、ぴくんと身体が跳ねてしまう。レオスが覆いかぶさってきた瞬間、彼に貫かれた時の衝撃をまざまざと思い出した。

「やっ、め」

狭い場所を無理やり抉じ開けられ、熱く太いもので何度も何度も擦られた。薬で意識は朦朧としていた筈なのに、鮮烈に記憶が蘇る。激しい痛みと強烈な快感。そして最後は脳が焼き切れるほどの悦楽に飲み込まれた。

レオスと初めて会ったとき、彼は言っていた。男でも受け身の絶頂を知れば、もう二度と女を抱けぬ身体になると。確かにそのことばを信じてしまいそうになるほど凄まじい快感だった。

（そんなの、嫌だ。だって俺は男なのに……！）

そう思うのに、徴を授かった下腹が滾っている。ふたたびレオスの剛直に責められたいと疼く。恐ろしかった。こころと身体がバラバラになりそうだ。

「足を開け。余を拒むなど許さんぞ」

耳元で低く命じられ、一瞬ノアは観念しそうになった。レオスに従い、激しく抱かれたい。

（くそ、何を考えて……駄目だ、駄目だ。そんなことしたら、俺が俺じゃなくなっちまう！）

渾身の力で相手の身体を押しのける。激しく動いたせいで夜着がはだけ、ノアの下肢が露わになった。

レオスがふっと嘲笑う。信じれらないことにノアの陰茎は兆し始めていた。

「見ろ、貴様も充分その気ではないか。既に初夜も済ませているというのに、いったい何を勿体ぶっている」

シーツで慌てて隠しても既に遅い。ノアは頬に血が集まるのを覚えた。

「ちが、違う！　これはその……さっきまで寝てたから朝勃ちのようなものだ！」

「ほう、そうか。そんなもの調べればすぐわかる」

腰と言わず尻と言わず撫で回される。下腹の疼きが酷くなり、膝から力が抜けてゆく。嫌だ、とノアは掠れた声で叫んだ。必死に身を捩り、かぶりを振る。

「後宮で俺が何をされたか聞いたんだろ。今日は具合が悪いから嫌だ！」

これ以上あちこち撫で回されたくなくて、ノアは膝を抱えて丸まった。我ながら頑是ない子供のようだ。レオスは大きく両目を瞬くと、やがて寝台から身を退いた。

「あっ……」

レオスは目を眇め、ノアを見つめたのち言った。

「ふん、興を殺がれたわ。今宵は引くが、次は泣いても喚いても止めぬ」

「ああ、わかってる」

そのままレオスが扉へ向かう。自ら彼を拒んだくせにノアは咄嗟に引き止めていた。

「待ってくれ！」

レオスは足を止め、ふたたびノアに向き直った。腕を組み傲然と見下ろしてくる相手を寝台の中から見上げる。

「ティア・ティシアが言っていた。あんた、俺に後宮を任せるつもりだって。本当なのか？」

「それがどうした」

事も無げに頷く相手に、ノアは思わずムッとした。

「それがどうしたじゃないだろ。俺は後宮じゃすっかり嫌われもんだ。大事な皇子様を奪った『男』だからな。その俺が後宮を仕切るなんてできるわけない。そもそもあそこにはちゃんとミストレスがいるじゃないか」

「アーリヤのことなら別に余が命じたわけではない。彼奴が勝手にそう名乗っているだけだ」

「でも実際、あの娘が後宮を仕切っているだろ」

「ノアよ、見せかけに捉われてはならぬ」

珍しく名を呼ばれ、つい居住まいを正す。そんな自分に気がついて、舌打ちしたくなった。こんな男に迎合してどうするのだ。

燐光がレオスの顔を照らす。なんとも幻想的な光景で、彼自身が精霊のようだと思った。

「それに貴様は既にカルナ＝クルス家の人間だ。ふらふら遊ばせておくわけにはゆかぬ」

「だからって……後宮をまとめるなんて、男の俺には無理だろ」

ノアのことばにレオスは笑った。

「確かに後宮にいるのは女たちで、貴様は男だ。だがそれがなんだというのだ。民の半分は女ぞ。後宮ひとつ治められぬものに、国は任せられぬ」

レオスのことばに言い返せない。ノアはふと晩餐の席でのやりとりを思い出した。

「いいさ、そこまで言うならやってやる。その代わり、俺が後宮を統べることができたら西部の税収をすこし負けてやってくれないか」

レオスは一瞬怪訝そうな顔をしたが、やがて片頬だけで笑った。

「なんの話かと思えば……口を出すなと言われたのがよほど悔しかったと見えるな」

「うるさい」

図星を指され赤面する。生来負けず嫌いではあるが、殊にこの男にだけは負けたくないのだ。

「まあ、いいだろう。貴様が後宮を統べることができた暁には西部の税収を減らしてやる」

「そうか！」

西部の人間からすれば、賭けの対象にするなど勘弁してくれと言いたくなるかもしれない。だが勝って得をすることはあっても、負けて損することはないのだ。そこまで考えてノアはぎくりとした。自分が負けた場合を考えていなかった。レオスが先に口を開く。

「さて、貴様が負けた場合はどうするつもりだ？」

「う……どうするって……」

国を出る際かなり身軽にしてきたため、今のノアは賭けの対象になりそうなものなど持ち合わせていない。それなりの価値があるものといえば耳飾りくらいのものだ。

「じゃあ、俺の耳飾りを……」

「いらぬ。装身具の類は事足りておる」

「純正オリカルクムの耳飾りだぞ。それにこれは先代のソウラ王から譲られたもので国宝としての価値が……！」

ノアのことばを遮るようにして、レオスは「いらん」と重ねて言った。確かにカルナ＝クルスの皇太子であれば世界の財宝を握っているだろう。だが己の宝を馬鹿にされたようでノアは面白くない。そんなこちらの気持ちを知ってか知らずかレオスは付け加えた。

「その耳飾りは貴様によく似合っているからな。貴様がつけていたほうが良い」

「あ、そう？　……それは、どうも」

予想外のことばにノアは照れた。咄嗟に耳に触れ、今は外していたことに気づく。

「貴様の耳元であの耳飾りが揺れるところなど、なかなか風情がある。閨では常につけておくことだ」

赤くなった顔が、今度は違う意味で更に赤く染まる。ノアが枕を投げつけるとレオスは素早くそれを躱した。

そのまま高らかな笑い声を残し部屋を出て行く。ノアは丸めた拳で寝台を殴りつけた。

「くそ、あの野郎！　いつか殴ってやる」

何度か寝台を打っていたが、虚しくなって止める。結局負けたらどうなるか決められなかった。赤くなった顔が青ざめる。レオスのことだ、どんな難癖をつけてくることか。

（弱気になるな。俺が勝てばいいんだ。……勝てば）

悶々としたせいで、その夜ノアは明け方近くまで眠れなかった。

翌朝目覚めるとティア・ティシアが現れてレオスが祈りの儀に入ったと知らせてくれた。

「祈りの儀？」

欠伸混じりに訊ねると、ティア・ティシアの眦がつり上がる。

「カルナ＝クルス家の人間にとって大事な儀式です！」

私は一族の人間ではないのであまり詳しくないのですが、ティア・ティシアはそう前置きしながら教えてくれた。

民が健康で国が豊かになるよう願いつつ、精霊たちと対話するらしい。しかもそれが数日に及ぶのだとか。

ノアは精霊を見ることができないので、いまいち想像がつかないのだが、祈りの儀が終わる頃には皆憔悴しきっているという。

「そうかあいつ、しばらく礼拝堂に籠りきりになるのか」

「礼拝堂ではなく、レオス様がいらっしゃるのは聖域です」

「聖域って？」

ノアが訊ねるとティア・ティシアは目尻を赤く染めた。

「レオス様と貴殿が初夜の儀を執り行った場所です」

礼拝堂の地下にある鍾乳洞が聖域なのだという。あまり思い出したくない場所だ。

（そういやあの時……儀式が終わって、意識を失くす直前に精霊っぽい光を見たな）

だがそれが本当に精霊だったかどうかはわからなかった。よく考えてみれば、レオスが闇を照らす光に似ていた気もする。

（相変わらず精霊は見えないし、後宮の女たちは厄介、家令もティア・ティシアも俺には冷たいときている）

昨日とは打って変わってノアはミードを一杯引っ掛けるだけにした。

衣装箪笥の中から黒と見紛う紺地に金の刺繍が施された外套を取り出す。身につけて姿見で確かめてみるとノアの髪と目の色によく馴染んだ。

呼びつけたティア・ティシアが部屋に入ってくるなり、ハッと息を飲んだことからも、なかなか悪くないと確信する。

「後宮に行くぞ」

ノアのことばにティア・ティシアは無言で頷いた。懲りない男だと呆れているだろうか。

ノアたちが後宮に顔を出すと、女たちはざわめいた。今日はノアたちがここを訪れることを事前に知らせなかったのだ。巻き毛の少女が一番さきに飛び出してくる。

「お妃様、またいらしてくださったんですね」

「ちいさなレディ、あなたの淹れてくれたお茶をまた飲みたくて」

ノアのことばに少女は顔を輝かせると、どこかへ飛んで行った。

ティア・ティシアは女たちから離れ、壁際へ移動する。そこが彼女の定位置のようだ。

「ノア皇太子妃、ご機嫌麗しゅう。昨日は粗相されませんでした？　心配しておりましたの」

アーリヤが現れ、にこやかに告げる。今日は胸の空いた薔薇色のドレスに身を包んでおり、なんとも華やかだ。

「ミストレス・アーリヤに心配して頂いたなんて光栄だな。今日のドレスは君の真珠のような肌によく映える。――とても、綺麗だ」

女は嘘をつくのが上手い。ついた嘘を見抜くのにも長けている。だから偽りのない真実のことばを述べた。ノアのこころからの賛辞に、アーリヤは一瞬だけ息を飲み、少し悔しそうな顔をした。

「まあ、お上手ですこと」

「でも俺を口の上手い男にしているのはあなただよ、アーリヤ。本来の俺は剣を振り回すことしか能のない男で、ここの貴族たちのように詩を諳んじることもできないんだから」

言い返そうとしたアーリヤを、少女の声が遮った。

「お妃様、お茶をどうぞ！」

少女が盆に乗せた空色のカップを差し出してくる。顔を近づけると紅茶の芳しい香りが鼻腔をくすぐった。

礼を言って口をつける。身を乗り出すようにこちらの様子を窺っている彼女に、ノアは笑いながら言った。

「ありがとう、とても美味しいよ」

「あのね、あの、昨日のお茶は身体にはいいけどとっても苦いの。でもお妃様の好みだってお姉さまたちが……。私ね、お茶を淹れるのは得意なのよ」

「うん。昨日のお茶も悪くなかったけど、今日のお茶のほうがもっと好きかな」

「よかった！」

ふたりのやりとりを女たちが眉を顰めて眺めている。ノアはそんな彼女たちに声をかけた。

「ルカ、今日は髪を結っているんだね。君は耳の形がとてもいいから、その髪型もよく似合っているよ。サラサ、素晴らしい首飾りだ。石の色が君の瞳を際立たせるね。ゾエ、君は――」

巻き毛の少女が大きく目を見張る。ノアから空になったカップを受け取りながら、感嘆した。

「お妃様、もう皆の名前を覚えていらっしゃるの？」

「勿論だよ、俺は美女の名前は一度聞いたら忘れないからね」

「じゃあ……じゃあ、私の名前は覚えている？」

「勿論だよ、タリア。君みたいな美人さんはなかなかいないからね」

女たちがざわめいている。壁際に陣取っていたティア・ティシアまで驚愕の表情を浮かべていた。

遠巻きにこちらを眺めていた女たちがおずおずと近寄ってくる。

「ねえ、私の名前は覚えていらっしゃって？」

「勿論だとも、セレーネ。君の麗しい声は一度聞いたら決して忘れない」

「私は？」

「待って、私は、私の名前は覚えていらして？」

ノアはやってくる女たちひとりひとりの名前を呼び、彼女たちのことをこころから褒め讃えた。どの女もそれぞれ美しいので、まったく苦ではない。一巡する頃には、彼女たちは皆ノアに話しかけようと躍起になっていた。

「お妃様、一階の中庭にいらして。お花がとっても綺麗なの」

「タリア、あなたばかり独り占めしては駄目よ。ノア様、ソウラでのお話をもっと聞かせてくださいませ」

ノアは午後の時間のほとんどを後宮で過ごした。晩餐の時間が近づく頃、ティア・ティシアに促され主館へと戻る。彼女は化け物でも見るような目でノアを見た。

「たった一度聞いただけで、あれだけの人数の名前を覚えたのですか」

「俺は美女の名前は一度聞いたら絶対に忘れないからな。あれだけの美女たちなら、当然だ」

「信じられません……」

どこか呆然と呟くティア・ティシアにノアは付け足した。

「その代わり男の顔と名前はまったく覚えられないんだ」

祈りの儀はまだ続いているらしく、新婚早々レオスの顔を見なくなって五日経った。

この日もノアは異国の果物を持って後宮を訪れていた。アーリヤと語り、タリアの淹れてくれた茶を飲み、女たちと歓談する。

ノアは中庭を訪れ、噴水の側で読書をしているネルファに近づいた。

「今日は無花果を持ってきたんだ。君もどう？」

ネルファは長い睫毛を物憂げにしばたたいた。

「ずるいわね、あなた。レオス様の寵愛ばかりか、ここの女たちのこころまで掴んでしまった。今はどんな心地？」

「皇子の寵愛はともかく、君たちから慕われるのは天にも昇る心地だ。一生ここから帰りたくないね」

「馬鹿ねえ」

ちいさく噴き出してから彼女はバツが悪そうな顔をした。ノアと違い彼女の髪は陽に透かしても闇色のままだ。褐色の肌と相まって神秘的だと思う。

「レオス様は、もう私たちに飽きてしまったのかしら？　もう長い事お見限りだわ。悔しいけどあなたに夢中のようね」

ネルファのことばに今度はこちらが噴き出す番だ。ノアは首を左右に振った。

「彼奴は誰のことも愛さないさ。俺を妃にしたのは元老院への嫌がらせだし……」

ノアを孕ませるのは、ノアへの嫌がらせ以外の何物でもない。さすがに言葉にするのは憚られて口を噤んだ。それをいったいどう受け止めたのか、ネルファはため息をこぼした。

「伽を命じてくれなくともいいの。ここにいる皆、レオス様のお姿を一目見たくて堪らないのよ。私たちのことを忘れていないと、ただそれだけを知りたいの」

「ああ、そうだな」

彼女たちの健気さに胸が締め付けられると同時にレオスに対する怒りの念がこみ上げてきた。

確かにレオスが背負うものは大きい。ここ帝都とその周辺だけではなく、カルナ＝クルスが支配する領土は世界の各地に散らばっている。

今は祈りの儀であるから、仕方がないにしても、後宮を作っておきながら、ひと月に一度も訪問しないのは問題だろう。

後宮で目一杯過ごしたあと、自分の部屋に戻る。ノアはティア・ティシアを呼び出した。

「祈りの義はいつ終わる？　俺がレオス皇子に会いたがっていると伝えてくれないか」

「お伝えしますが、執務のほうもかなり溜まっておりますので、いつお見えになるかわかりませんよ」

それでもいいと告げると、ティア・ティシアは頷いた。

皇子がノアのもとを訪れたのはそれから二日後の夜だった。最後に会ってから実に一週間ぶりの逢瀬である。

　ノアは久しぶりに会う夫を観察した。

　顔は窶れ、祈りの儀がどれほど過酷なものだったかよくわかる。だがノアも退くわけにはいかない。

「話とはなんだ。忙しい、手短に話せ」

「祈りの儀は終わったんだよな。この後は何の用事が控えているんだ？」

「領主たちや同盟国の王から山ほど書状が届いている。書記官たちが目を通したものに、余が署名をする。民が余に請願するため連日列をなしているのを知らんのか？」

「それで、あんたはいつ眠るんだ？」

　ノアが訊ねるとレオスは肩を竦めてみせた。

「寝台で寝るのは五日は後だろうな。執務中に休憩を挟むので問題ない」

「休憩っていうか、それは単に気を失っているんじゃないのか」

　ノアのことばにレオスが鼻を鳴らす。

「用が済んだのなら余は行くぞ。そろそろ貴様の従者も戻る。もうしばらく構ってやれぬが寂しくはないだろう」

　部屋から出ようとしたレオスの肩をノアは優しく掴んで引き止めた。彼が口を開く前にノアは言った。

「よしわかった。あんた、取り敢えず眠っておけ」

笑顔のまま、レオスの腹に拳を突き入れる。金色の瞳が大きく見開かれ、次の瞬間瞼が閉ざされた。崩れ落ちそうになる彼の身体を支える。ほどなくして寝息が聞こえてきた。

(大変なんだな、帝王様ってのも。って、こいつはまだ皇子だけど)

本人の部屋まで運ぶべきだろうが、もう夜も更けたことだし何より面倒だ。無駄に広い己の寝台へレオスの身体を引っ張り込む。

普段は鼻持ちならない男だが、口を開かないぶんにはその際立った美貌ばかりが目についた。目の下に隈が刻まれていてさえ、ハッとするような色香が漂っている。

珍しいのでじっと観察しているうちに、ノアは我慢できずレオスの髪に触れていた。絹糸のような指触りにいっそ感動すら覚える。

(一生眠っててくれりゃあな……。そういやこいつと一緒に寝るのは初めてか)

彼を殴ったことで、これが最初で最後の夜になる可能性も大いにある。つい勢いでやってしまったことだったが、ノアは後悔していなかった。

レオスの様子からして後で倒れるか先に倒れるかの問題だった。それなら消耗しきってから倒れるより、今倒れたほうが後々の影響が少なかろうと判断したのである。

傲慢で嫌な男だが、寝台にひとのぬくもりがあるのは悪くなかった。ノアはいつもより深い眠りに落ちていった。

翌朝。

ノアが目を覚ますと、地獄のような顔でレオスがじっと見下ろしていた。

「我が玉体に手をかけたこと、死罪に値するとわかっているな」

ノアは半分寝ぼけながらふにゃっと笑ってみせた。

「妃に軽く小突かれたくらいで、レオス様はそんなことしないだろ」

「ぐっ」

珍しく言葉に詰まる皇子を見て、ノアは朝から気分がいい。まどろみの中でノアは言った。

「なあ、月に一度でいい、後宮へ顔を出してやれよ。皆あんたに会えなくて寂しがってたぞ。伽も気が向いたときでいいからってさ」

「……」

レオスが少し考えるような顔をする。

「貴様は、余の寵愛が他の女へ向くことに怖れはないのか？　自分の立場を忘れたわけではあるまい」

さらりと脅しのようなことを言う。ノアは寝台の中で半身を起こし、ぐぐっと大きく伸びをした。長く艶やかな黒髪が肩から背中へと流れてゆく。

朝陽が眩しいのか、レオスがふと目を眇めた。

「あんたは帝王で己の血を遺さねばならない。種をばらまくのは当然だろうが。帝王ってのは男であって男じゃないからな。特にこの国ではそうだろ？」

カルナ＝クルスでは帝王は神に等しい存在だ。

当然だ、と頷きながらレオスの瞳にほんの僅かに影が過る。それは一瞬の出来事で、ノアは己の見間違いだったかもしれないと思った。

「後宮の件は承知したが今は多忙だ。そのうえ一晩無駄にされてしまってはな」

レオスのことばにノアはため息を吐いた。彼を無理やり眠らせたことに後悔はない。幽鬼のように青白い顔で倒れそうだったレオスが、今はまともな顔色に戻っている。

だが確かに忙しいのは事実なのだろう。

「だったら交換条件はどうだ？」

「交換条件だと」

そうだ、とノアは頷いてみせた。

「あんたが月に一度後宮に顔を出す代わりに、あんたがやって欲しいことを俺も何かやってやる」

ふむ、とレオスは顎に手をやった。どうやら少しはその気になってくれたようだ。

彼はきっとノアに政を手伝わせることはしないだろう。閨でのことか、或いは別のことか。鼻持ちならない男ではあるが、己の妻――カルナ＝クルスの皇太子妃に無体なことはしない筈だ。たぶんだが。

「わかった。そこまで言うのならその交換条件、飲んでやろう」

後宮の女たちが喜ぶ姿が目に見えるようだ。喜ぶノアを尻目にレオスは言った。

「太陽の月に婚礼をする。よって貴様は、招待客に恥じぬ立派な花嫁になれ」

「俺が、花嫁だって！　しかも太陽の月なんてもうすぐじゃないか。あと二十日もないぞ」

「星の月では収穫祭(しゅうかくさい)とぶつかるからな。それに貴様が花嫁で何の問題がある、我が妃よ」

意地の悪い笑みを残し、レオスは部屋から出て行った。

(婚礼か。俺の……ソウラからも参列して貰うんだよな)

王や兄たちの顔を脳裏に浮かべ、ノアは思い切りため息を吐いた。母親が貴族ではないというだけで、散々からかわれてきたのだ。ノアが花嫁になど扮したら、いったいどれだけ嫌味を言われるか。頭を抱えノアは寝台に腰を下ろした。

「おい小僧、あまりため息を吐いていると幸運が逃げるぞ」

いきなり聞こえてきた低い声に、ノアはぎゃっと驚いた。またレオスが姿を消しているのだろうか。だが彼の声にしては低すぎる。

「だ、誰だよ。姿を見せろって」

ノアが震える声で告げると、ふむと考え込むように誰かが言った。

「なんだ。声が聞こえるだけで、この姿は見えておらぬのか」

「え?」

「我が名はノムド。カルナ＝クルス家の人間と契約している精霊だ」

5

ノアは必死に目を凝らし、精霊の姿を見つけようとした。だがそんなものはどこにもいない。半信半疑でノアは言った。

「精霊だって？　本当なのか、全然見えないぞ」

口の中でぼそっと呟くと、耳元ですぐに返事があった。

「儂（わし）の姿が見えぬのは、そなたの問題だ。別に姿を隠しているわけではないぞ」

ひっと声を漏らし、ノアは慌てて耳を押さえた。肩や頭を確かめてもやはり何もいない。どうやら本当に精霊はいるらしいが、ノアの目には映らないようだ。

「なあ、一応声が聞こえるってことは、俺にも精霊の加護が与えられたってことなのか？」

「精霊が見えるかどうかと加護を与えられるかどうかは別の話だ。ただ見るだけならば、一族以外の人間にも可能であるしな」

「そうなのか？　レオスはそんなこと言わなかったが……」

ノアのことばに精霊がふむ、と訝（いぶか）しむような気配があった。

「彼奴が何故そなたに告げなかったのか儂は知らん。単に必要なしと思ったのやも知れぬ」

「精霊が見える人間って、結構いるものなのか？」

もしそうなら儀式まで行って精霊が見えない自分は、よほど筋が悪いことになる。心配になって訊ねるとすぐに「否」と返ってきた。

「カルナ＝クルス家以外の人間となると滅多におらぬ。だが、そう……レオスの母、アレは帝王に嫁入りする前から儂らのことが見えておったな」

「もしかして母親がそういう特別なひとだから、レオスは生まれた時からあんたらの加護を与えられたのか？」

「そう、カルナ＝クルス家の人間でも、生まれながらにして黄金の目を持っているものなど稀有といって良い。奴を見ていると始祖殿を思い出してならんわい。顔立ちはあまり似ていないのだがなあ」

「始祖殿って……アステリオス大帝がレオスに似てるって？　止めてくれ、幼き日々の夢が壊れる！」

ノアが叫ぶと精霊は「かかか」と笑い声を上げた。声質やその言葉遣いから、豪胆で屈強な老戦士のような印象を受ける。精霊という響きから美しいたおやかな少女の姿を想像していたのだが、ノアの予想は裏切られた。

（いやでも、声や話し方はこんなんでも、とんでもない美形かもしれないし……）

そこまで考えてノアは我に返った。レオスの母親の話は気になったが、今の自分にはもっと重要な話があるではないか。

「それはそうと、どうやったら俺はあんたらの加護を受けられるんだ？」

ノアは精霊が答えるのを待った。だが返ってくるのは沈黙ばかりで、精霊の声は一向に聞こえてこない。

「おい、おーい。ノム……ノメ、ド？　いや、ノミダスだったか？　どこに行っちまったんだ、おーい」

せっかく声が聞こえるようになったのに、どこかへ行ってしまったのだろうか。

姿が見えないのだから、ノアのもとを去るのならひと声かけて欲しかった。精霊とは気まぐれな質なのだろうか。そんなことを考えていると、突然耳元で声がした。

「ノムドだ、惚けもの。女性(にょしょう)の名はすぐ覚えるくせに、精霊の名は覚えられぬと申すか」

ノアは堪らずヒッと叫んだ。レオスといい、この精霊といい、どうにも心臓に悪すぎる。

「あんた、そこにいたのかよ！　えーとノムドな、ノムド……もう一回訊くぞ。どうやったら俺は精霊の加護を受けられるんだ？」

ふん、というノムドの荒い鼻息が聞こえる。なにやらご立腹のようだ。

「情けない、それくらい己で考えてみせんか。特に手助けはせぬが、そなたのことは一応見守っておいてやる。せいぜい励(はげ)むことだ」

そう言ったきり、ノムドの声はふつりと途絶えた。

「手助けはしない、見てるだけって……そんなの意味がないだろうが。おい、ノムド。待てったら！」

悪態を吐きかけてノアはぐっと堪えた。返事をしないだけで、まだここにいるかも知れないのだ。加護を受けられなくなるだけではなく、報復でもされたら恐ろしい。

寝台に腰を下ろし、ノアはガシガシと頭をかき乱した。

(結局なんだったんだ、いったい)

近頃は後宮の女たちとも上手くやっている。だがレオスは相変わらずだし、せっかく精霊の声が聞こえたと思ったら加護も与えられず、地獄の婚礼も待っている。

頭痛の種は減るどころか増える一方だ。

(そういえば、どうしていきなり声が聞こえるようになったんだ。……しまった、そっちを先に訊ねるべきだったか)

まだそのへんにいるかも知れないとノアはもう一度だけノムドを呼んでみた。

その時だった。まるで計ったかのようなタイミングで、扉がノックされた。

「ティア・ティシアです。ご入室の許可をお願い致します」

「ティアか、入ってくれ」

部屋に入ってきたティア・ティシアが何故かノアの顔をじっと見つめた。いつもならすぐに用件を切り出す彼女にしては珍しい。

「何か、ありましたか?」

「あ、ああ。あるにはあったが……」

何故彼女は異変に気がついたのか。思わず己の頬を撫でる。

(俺、そんなに顔に出るほうだったか? それとも部屋に精霊のいた気配が残っていたとか?)

まさか彼女までレオスの母親のように『見える』体質なのだろうか。

「なあ、あんたも精霊が見えたり、奴らの声が聞こえたりするのか？」

「まさか！　カルナ＝クルス家に連なる方以外で、精霊を目にすることができるものなど、まずいません」

怪訝な顔をするティア・ティシアにノアは精霊の声が聞こえたのだと打ち明けた。彼女は一瞬驚いた顔をしたものの、すぐにいつもの無表情へと戻った。

「そうですか、精霊ノムドよりレオス様の御母堂のお話を伺ったと」

「確かこの国の皇后様って五年くらい前に亡くなったんだよな」

「はい……でもそれはキュロス殿下の御母堂です」

言いづらそうにティア・ティシアが訂正する。つまりレオスの母親は側室か何かなのだろうか。ノアも兄たちとは母親が違うので、妙なところで親近感を覚えた。

「えっと、皇后が逝去されて、あいつの母親が皇后になったとか？」

「レオス様の御母堂は、レオス様がまだ五歳の頃にお隠れになりました」

「そう、だったのか」

ノアは神妙に頷いた。ありがたいことに、自分の母親は母国ソウラで健在だ。ティア・ティシアがまだ何か言いたそうな素振りを見せたので、ノアは水を向けてやった。

「なあレオス皇子の母親って、いったいどんな方だったんだ？　カルナ＝クルス家に入る前から精霊が見えたって聞いたが、それって凄いことなんだろう」

「はい、それはもう……！　なにしろレオス様の御母堂は大神官だったので、我々のような凡百の人間とはまったく違っていたのではないかと」

ティア・ティシアのことばにノアは己の耳を疑った。

「大神官だったって？　大神官の娘ではなく、本人が神官だったのか！」

そうです、とティア・ティシアが頷いた。

「キュロス殿下になかなか兆しが現れないのを嘆かれた王が、当時大神官として仕えていらっしゃったレオス様の御母堂を見初められたのです」

皇后とのあいだにできた子はキュロスひとりだけで、精霊の加護を受けられない。血族の存続を危ぶんだ帝王は、大神官で特別な力を有する女性に己の子を産ませたというわけだ。

「それでレオスが生まれたんならよかったな」

ノアのことばにティア・ティシアの表情が陰る。なんだか複雑な事情がありそうだ。

神官になる人間は、純潔の誓いを立て神の僕となる。大神官とはそんな神官たちを統べる人間で、とりわけ信仰心も強かっただろう。

カルナ＝クルスの王は、神と同格であると見なされているが神そのものではない。レオスの母にとって、もしも結婚が本意ではなかったとしたら、彼女の信仰心は踏み躙られたことになりはしないか。

「レオス様を産んでから、御母堂は精霊を見ることもその声を聞くこともできなくなったと聞きました。神との誓いを破った罰を与えられたのだと仰って……」

語りながらティア・ティシアはぎゅっと拳をきつく握った。その先は聞かずともわかるような気がした。

「御母堂はすっかり塞ぎ込んでしまい、レオス様ともほとんどお会いになりませんでした。そこで私の母がレオス様の乳母となったのです」

　今日は驚くことばかりだ。あの傲慢な男がティア・ティシアには随分こころを許していると思ったら、そんな事情があったとは。彼女の女官としての位の高さも、これで納得できる。

「あんたとレオスが乳兄弟だったとはなあ」

「勿体無い話です。私が女でなければ騎士となりレオス様にお仕えしたかった……」

　女であることがよほど無念らしく、顔を歪めティア・ティシアは吐き出した。

「女でなければ……って、せっかくそんな美人なのに不満なのか。俺に言われたくないだろうが、もっと女であることを楽しめよ」

　ノアのことばにティア・ティシアは腰に下げている剣の柄に手をかけた。

「私を愚弄するおつもりか？　剣の腕では男にも負けぬつもりですが……」

「悪い悪い、あんたを侮辱するつもりなんて俺にはないよ。そこまで言うなら今度俺と模擬戦してくれよ。しばらく剣を振ってないから腕が鈍ってないか心配でさ」

　レオスの妃としての立場をもっと尊重しろ。そんな小言を言われるかと思いきや、ティア・ティシアはじっと口を噤んでいる。少しそわそわしている様子は、ひょっとして彼女も乗り気なのかもしれない。

「ところで精霊が見えないのに、なんで俺に何かあったってわかったんだ？」

「それは……これだけご一緒させて頂いていれば、普段とご様子が違えば気づきます。レオス様からもくれぐれもよろしく頼むと仰せつかっておりますし」

なにやらバツが悪そうな様子で、ティア・ティシアは少々強引に話題を変えた。

「それよりも婚礼の件です。太陽の月に執り行なうと伺いました。もう二十日後ではありませんか」

「そうそう。星の月だと収穫祭と重なるからとかなんとか言ってたけど、急だよなあ」

ノアが呑気に答えるとティア・ティシアの眉間に皺が寄った。

そのまま有無を言わさず後宮へと連れて行かれる。もともと遊びに行くつもりだったのでそれは別に構わないのだが、相手の剣幕に気圧されてしまう。

後宮に着くと、女たちの中に見知らぬ中年の女がひとり混じっていた。行商人らしくその傍らには大きなトランクがある。

アーリヤがノアを見るなり満面の笑みになった。

「待っていたのよ、お妃様！　さあさあ、外套を脱いでそこへ立って頂戴！」

ノアが自ら脱ぐよりさきに、女達の細くしなやかな手が伸びてくる。ここへ来た初日のことを思い出し、ノアの背中に冷たい汗が滴った。

「待て、待ってくれ、自分で脱ぐから……！」

勢い余ってシャツまで毟り取られ、半裸で女たちの眼前に立たされる。

「あら、うふふ……役得だわ」

「玉のようなお肌に傷があるのが残念ね」

「騎士様なら多少の傷は勲章よ。でもさすが、背中はまっさらだわ」

粘りつくような視線に耐え切れずノアが乙女のように胸を隠すと、女たちから笑い声があがった。行商人からは同情するような眼差しを貰う。

「これはいったい……？」

胸を隠すのはやめてノアが周りに訊ねると、ネルファが代表して答えてくれた。

「婚礼衣装の打ち合わせです。宣誓式と、御前試合観覧、そして正餐の時に着るドレスを用意しますの。式までもっと時間があれば、来賓のお出迎えとお見送りの時に着るドレスも誂えたかったんですけど」

「……いや、俺は男だからドレスは」

「やっぱりシルクがよろしいかしら？　晩餐会はベルベットも素敵だけれど太陽の月では暑苦しいかしら？　色はグリーンが流行しているわね」

「宣誓式は純白として、御前試合は赤も素敵よ。髪は結って……背中は大胆に見せましょう」

「いや……だからドレスは着ないぞ絶対に」

ノアの衣装だというのに、誰も彼の話など聞いてはいなかった。行商人のトランクから、贅沢で鮮やかな布地が次々と現れる。

女たちの勢いに尻尾を巻いて退散したくなるが、ここで逃げては被害を被るのは自分なのだ。

後宮の女たちとの攻防戦は数日間に及んだが、ノアが最後まで健闘した結果、なんとか膨らんだペチコートやボリュームのあるドレスは免れた。だが外套というには少々難のある衣装にされてしまったのは致し方ない。

　打ち合わせ中に、レオスが一度後宮を訪れたことがあった。

「我が妃とすっかり打ち解けたと見える」

「はい、ノア様には大変よくして頂いております」

　女たちを代表してアーリヤが答える。

　政務が溜まっているからと皇子は早々に立ち去ったが、女たちの喜びようは微笑ましかった。自分との態度の差が玉に瑕だが、笑顔の女を見るのは好きだ。帰り際レオスが何か言いたげだったが、ノアはあまり気にしなかった。

　ティア・ティシアは婚礼の衣装に関して口を挟むことはなかった。

　その代わりカルナ＝クルス家の一員としての知識、つまり帝国の歴史や諸公の名前と同盟国について、基礎的なカルナ＝クルス語などを、これでもかというほど詰め込まれた。

「我が帝国及びレオス様の威信のすべては貴殿にかかっているのです、ノア皇太子妃。どうか真面目に覚えてください。さもなければ薔薇色のドレスを着て頂くことになります。もちろんコルセットとペチコート付きで」

　脅し文句の効果は抜群で、ノアは人生の中で一番真剣に勉強した。おかげで挨拶と天候の話くらいはカルナ＝クルス語でやりとりできるほどに上達した。

　婚礼の衣装は仕立屋に注文したが、小物の類は女たちが手作りしたがったので任せてある。皆ノアの結婚にかこつけて、自分たちが楽しんでいるようだ。

(まあ、仲良きことは美しきことかな)

ある日後宮から這々(ほうほう)の体(てい)で自室へ戻ると、レオスが待っていた。

なにやら怒っているようだが、ノアにはその理由がまったくわからない。

「後宮は楽しいか、ノア」

寝台へ乱暴に突き飛ばされる。抗議をする間もなくのしかかられた。この野郎、と内心で悪態を吐きながら、ノアは不敵に笑ってみせた。

「……あんたとこうしているよりはな」

レオスがぱちん、と指を鳴らす。次の瞬間にノアは一糸まとわぬ全裸に剥かれており、ご丁寧に縄で両腕が縛(いまし)められていた。

わあっと叫ぶ口を、相手の唇で塞がれる。レオスは自分の服も一緒に消したらしく、裸の胸が重なった。神聖な精霊の加護を、こんなことに使っていいのだろうか。

「……ふっ」

唇の合わせ目をぬるり、と舐められる。それだけで首のうしろがそそけだった。恥骨の奥に、鈍く重たい痛みが走る。近頃忙しくて自分を慰めることさえ忘れていた。

ノアの鎖骨を撫でたレオスの指が喉を這い、乳首を掠める。ただ唇を重ねているだけで息が上がった。

男に貫かれた痛みを、ノアはもう覚えていない。そのせいでいやしい期待だけが高まってゆく。下腹の徴が拍動に合わせ、どくどくと脈打つのが生々しかった。

「くっ、ふ」

背がしなるほどきつく抱き締められ、ノアはちいさく喘いだ。その刹那、覚えのある甘い香りが鼻腔を過る。儀式の前にたっぷり嗅がされたあの香油だ。

(まずい、これを吸い込んだら俺はまた……)

膝から一気に力が抜けてゆく。その隙に足を大きく広げられ、ノアは微かに喉を鳴らした。そろそろ腹をくくらねばならない。ノアは顔を背け、目を伏せた。

レオスは枕の下に手を入れると、ちいさな瓶を取り出した。いつのまにかそこに仕込んでいたらしい。瓶を傾けるととろりとした液体がレオスの真っ白い掌に滴り落ちた。

濡れた指で股間を撫で回されて背がしなる。剃られて以来無毛のままの下腹、陰茎、陰嚢から会陰を通り、ぬめった指はとうとう最奥へと辿り着いた。

「あ、そこ……っ」

ノアが嫌がって尻を捩ると、レオスの口から吐息のような笑いが漏れた。

「ほう、尻を揺すってお強請り(ねだ)か？　たっぷり注いでやるからそう焦るでない」

違う、と叫ぼうとした瞬間、指がずるっと奥まで挿入される。そのあまりの呆気なさにノアが呆然としていると、指はすぐに二本に増やされた。

「ひ、あ」

深く差し入れられたまま、小刻みに動かされる。激痛ではないのに、中を探られると目が潤んだ。気の逸らし方がわからず、じっと耐えるよりほかない。

ノアはレオスにしがみつき、深く息を吸い込んだ。香油に酔ってしまえばいい。そう思ってのことだったが、微かに混ざるレオス自身の体臭に何故か頭がクラクラした。

「あ、ちぃ」

見れば徴が赤く発光している。レオスが最奥で指を使うたび、ますます熱が籠ってゆく。

「貴様は余の妃だという自覚はあるのか？」

「え？　……あぁあ！」

乱暴に指を引き抜かれ、ノアは目を白黒させた。ぐるりと体勢を変えられて、相手に尻を掲げるような格好にされる。

不自由な両手でノアがもがくと、腰骨をきつく捉まれた。指を失いヒクつく後孔へ、固く熱いものが押しつけられる。

せめて息が整うまで待って欲しい。ノアが懇願するより早く、レオスが性急に押し入ってくる。既に準備していたらしくノアの剛直は潤滑油をまとっており、ノアは拒むことができなかった。

異物感と圧迫感で息ができない。強張った身体を咎めるように、乳首をきつく摘まれた。

「いっ、た……乳首、やめ」

「だったら余を受け容れろ。根本まできっちりとだ」

「くそっ……あ、ぅ、あっ」

乳首を解放されて安堵した瞬間を狙い、レオスに奥を穿たれる。

抜き差しが始まり、結合部が粘着質な音を立てた。奥歯をきつく噛み締め必死に耐える。

骨が当たるほど奥まで挿入させたまま、レオスはふと動きを止めた。苦しい、こんなこと早く終わらせて欲しい。そう願うノアの耳元で、レオスが低く囁いた。

「こうして……ゆっくり引き抜いてやると、離すまいとしがみついてくる……愛い奴め」

ノアは緩くかぶりを振った。そんなのは知らない。慣れない行為に身体が言うことを聞かないだけだ。

シーツを掴んでいた両手を剥がされる。何を、と言おうとした瞬間、手首を縛っていた縄は消え、指は己の性器へと導かれた。信じられないことにそこはすっかり勃ちあがり、淫液でしとどに濡れそぼっていた。

「いいぞ！　浅ましく己を慰めて、我が目を楽しませるがいい」

違う、とノアが否定するまえにふたたび抽挿が始まる。先ほどとは比較にならない激しさにノアは堪らず声を放った。

「あ、あぁ、あああ！」

陰茎を握る手につい力が入る。掌の中でぬるぬる動くそれを捉まえようとして、呆気なく箍が外れた。男に貫かれながら己を嬲る。頭が真っ白になるほど悦かった。

「ひ、んぅ、あああ」

己の耳にさえその声は甘ったれて聞こえた。まるで女の嬌声だ。レオスがふっと笑ったのか、肩に息が触れる。羞恥と屈辱に身を焦がすも、それすら凌駕する悦楽が腰の奥からこみ上げてきてノアの意識を攫ってしまう。

これは徴の効果なのか？　喘ぎ身悶えながらノアは思った。単に子を孕むというだけでなく、女のような快感までも引き出すものなのではないのか。そうじゃなければ説明がつかなかった。

淫らに疼く最奥を蹂躙し、ここへ精を放って欲しい。狂おしいほど、レオスを求めているのだ。認めたくないのに突きつけられてノアは堕ちる。

「く、注いでやる！　受け取るがいいっ」

ただでさえ長大なレオスの雄身が、中でさらに大きく膨らんだ。腹を食い破られそうな恐怖で頭が痺れる。

「――」

白い雷に背骨を灼かれる。声も出せぬほど激しい絶頂に襲われて、ノアは力なく啜り泣いた。最奥に熱い飛沫を感じ、尻をわななかせる。全身がぐずぐずに爛れてゆくようだ。

レオスが乱れた息のまま、ひと息に自身を引き抜いた。絶頂の余韻に浸っていたノアは、その衝撃でふたたび軽く達してしまう。

「ん、はあ、あぁ」

中に出されてしまった。行為の最中は奥に精を欲しがったくせに、妊娠するのはやはり怖い。ノアはレオスの種を掻き出そうと、後孔に指を入れた。そこは驚くほど熱く濡れていて、自分の身体なのにぎくりとする。

（あ……俺の中って、こんなふうなのか……）

入り口は狭く、中は異物を食むようにうねっている。これなら具合が悦さそうだ。惚けた頭でノアはそんなことを思った。指を動かすと、くちゅっといやらしい水音が立った。

「……あ」

金色の瞳がじっとこちらを見つめていた。ふやけた意識が一気に覚醒する。彼はノアの隣に横たわり、しっかりと鑑賞していたらしい。

「なんだ、もう終いか？　貴様の振る舞い、なかなか悪くなかった」

ノアは自分がどれだけはしたない真似をしていたか自覚し、真っ赤になって指を引き抜いた。

「ひう！」

乱暴に抜いたせいで、情けない声を漏らしてしまう。いっそ消え入りたい気持ちで俯いていると、顎を取られ唇を奪われた。

「は、んっ」

あっというまに互いの舌がからむ。濃厚な口づけを交わしながら、レオスに徴を撫でられて、ノアは背筋を震わせた。

「女たちと遊び呆けるのは構わんが、貴様は余の妃であること忘れるな」

「別に忘れてなんか。そもそも後宮を統べろって言ったのはあんたじゃないか。だから俺は……」

潤んだ瞳を見られるのが嫌で、ノアはレオスの肩に額を埋める。後宮で女たちを構っていると、自分が男であるのだと実感できた。妃である己の立場から逃れたくて後宮に通っていたわけではなかったが、往生際（おうじょうぎわ）の悪さを指摘されたような気になった。

押し黙ったノアの耳朶に、レオスが触れてくる。ちゃり、と耳飾りが涼しい音を鳴らした。

妙に空気が甘い気がする。そっとレオスを盗み見ると、思い切り目があった。まるで腹がくちくなった肉食獣のような様子に、ノアは勝手に恥ずかしくなる。

(俺なんか相手に、そんな顔してどうするんだ、こいつ)

レオスとは婚姻関係を結んでいるが、ふたりのあいだに恋愛感情は一切ない。恋愛感情どころか、レオスのことははっきりと嫌いだ。

(なんか自分に言い聞かせてるみたいだな)

けれど嫌いだと思うのに、レオスに触れられて気持ち悪いとは思わない。それどころか、もっと触れて欲しいとさえ——。

(うわー、待て待て、違う違うぞ!)

まさか肌を重ねたことで彼に情が移ったのだろうか。ノアは慌ててかぶりを振った。きっとあの香油のせいだろう。妙な考えを振り切って、ノアは言った。

「後宮に顔を出してくれてありがとう。あんた、今忙しいんだろ」

「別に貴様のために行ったわけではない」

うん、と答えながらノアはレオスから離れ身を起こした。シーツで軽く身を拭い、消えた服の代わりを探しに衣装箪笥へと向かう。

「あいつらには、あんたがすべてなんだ」

たとえば国交を結ぶ際に遣わされた娘は、人質としての意味合いもある。娼婦の場合はもっと悲惨で、飽きればまた他所(よそ)へ送られるか、最悪の場合は文字通り捨てられる。

「レオス様は誰にも執着しません。私たちと閨を共にするといっても一度か二度。この世にあの御方の歓心を得られる娘がいるなんて想像もつきませんでしたわ」

　何度か後宮に通ううちに、アーリヤがふとそう漏らしたことがあった。

「あの御方が選んだのがノア様でよかった。もしも私たちと同じ女であったら、皆平静じゃいられなかったに違いません」

　それを聞いてノアはどんな顔をすればよかったのだろう。確かにここへ来た当初、彼女たちから受けた洗礼は強烈だった。

(あれがずっと続いたら、男の俺でも音を上げそうだ)

　晩餐のための服に着替える。深みのあるグリーンの上着と、差し色になる白いに近い薄灰色のズボンを選んだ。

　ノアが下着を穿いているあいだに、レオスは既に身支度を済ませている。

「脱いだり着たり、魔法ってのは便利だな。俺のほうも着させてくれりゃいいのに」

　シャツの袖に腕を通すノアを眺めながら、レオスは言った。

「脱がせるのもいいが、一枚ずつ着ていく姿も乙なものよ」

「あんたって本当にさあ……」

　着替える姿を視淫されながら、ノムドの声を聞いたことをレオスに告げる。既にティア・ティシアから聞いていたらしく、レオスは特に驚かなかった。

「聞こえたというのなら、まるきり見込みがないというわけではなさそうだ」

レオスの口から珍しく肯定的なことばを聞いて、ノアは浮かれそうになった。

「そ、そうか？　そうだよな、そのうちきっと俺も精霊の力を使いこなして……」

「喜ぶのは早い。声だけではなんとも言えぬからな。彼奴らの姿が見えなければ、力を借りるどころの話ではないぞ」

喜びに水を差され、ノアは唇を尖らせる。最後に上着を羽織っていると、レオスがすっとこちらに近づいてきた。

互いの唇が触れる。ノアが目をぱちくりさせている間に、レオスはさっさと部屋を出て行ってしまった。扉を閉める前に彼が言う。

「早くせぬか。晩餐に遅れるぞ」

「わかってる、ちょっとくらい待てって！」

上着の釦に苦戦しながら、ノアは慌てて部屋を出る。急かすようなことを言ったくせに、レオスは廊下でノアのことを待っていた。

窓から差し込む夕陽を浴び、レオスの輪郭が光に融ける。ノアは思わず息を呑んだ。光で編んだかと思う黄金の髪、滑らかな白磁の肌、今まさに沈みゆく太陽のように煌めく双眸。

「何をしている、行くぞ」

無造作に腰を抱かれ我に返る。

すれ違う衛兵の視線がノアの腰を抱くレオスの腕へと注がれた。耳の先に血が集まるのと同時に、腹の徴に疼痛が走る。ついそこを庇うと、レオスが目敏く気づいた。

「心配するな、すぐに孕ませてやる」

「っ」

ノアは思わず唇を噛んだ。儀式を経て、レオスに抱かれてもどこかで半信半疑だった。本当に男の身で子供を身籠ることがあるとは思えない。だが今は、違った。

(俺は、こいつの子を孕むのか……)

レオスに穿たれたばかりの後孔がきゅう、と物欲しげに収縮する。もっと精を寄越せとせがんでいるようだ。

ノアはぶるりと背中を震わせた。

6

太陽の月が訪れ、婚礼の当日となった。

誓約式の純白の衣装に身を包んだノアを見て、後宮の女たちがため息を漏らす。

ノアはレースのヴェールを頭から被り、純白のチュニックの上に同じく純白の外套をまとった。ズボンを穿きたいところだが、ペチコートを着せられなかっただけマシだと思おう。

髪を結う結わないで大いに揉めたが最終的に花嫁の意見が尊重された。耳の横で束ねた髪に、女たちがこしらえた飾りをあしらうことでどうにか許しを得た。

「ノア様の髪の毛、凄く綺麗。とっても大事にしてらっしゃるのね」

髪に櫛を入れながらネルファが呟く。ノアは肩を竦めてみせた。

「長い髪は騎士の誇りだからな。俺の母国じゃ、この髪を掴んで俺の首を取ってみやがれって、敵を挑発する意味があるんだよ」

「まあ、なんて勇ましい。でもそのおかげで素敵な花嫁になれましたのね」

悪気なく言われると、頭を抱えることもできない。ノアは曖昧(あいまい)に笑って誤魔化した。

髪も整ったところで、女たちの興奮も最高潮に達した。

「まあ、なんて素晴らしい花嫁なの！　きっとレオス皇子もあなたに惚れ直すわ」

ノアの周囲をぐるぐると回りながらタリアがはしゃぐ。ノアは思わず苦笑した。

「惚れ直すって……そもそも彼奴は俺に惚れてるわけじゃないぞ」

「あら、最近ご無沙汰(ぶさた)なのかしら？」

セレーネが無駄にいい声で呟いたせいで、あっというまに女たちが盛り上がってしまう。

「ご想像にお任せする」

ノアのことばに女たちが歓声を上げた。水を得た魚のようにアーリヤが告げる。

「ノア様は女性におモテになられていたから閨での振る舞いに自信がおありかもしれません。でも男性相手では手管(てくだ)が違いますのよ」

「待て待て、俺は何も言っていないからな」

こうなってしまうと何を言ったところで火に油を注ぐようなものだ。ティア・ティシアなどは早々に諦めたらしく、既に姿を消していた。

猥談(わいだん)で赤くなるほど初心ではないが、それは男女の話だ。自分が男に抱かれる話など、積極的にしたいわけがない。しかし彼女たちは容赦がなかった。

「私たちが皇子を喜ばせるとっておきを教えてあげる！」

「ははは……どうぞ、お手柔らかにレディ」

女たちから手管を伝授されているうちに、式の時刻が差し迫っていた。どこかへ逃げていたティア・ティシアが何食わぬ顔でノアを呼びに来る。

つい恨みがましい眼差しを向けると、お世辞(せじ)のつもりなのか彼女は言った。

「とてもお綺麗です、ノア様。レオス様もきっとお喜びになるでしょう」

「そうかあ?」

面喰らったのと照れ隠しでついぶっきらぼうな返事になる。ティア・ティシアはただ静かに微笑むだけだ。礼拝堂が見えてくると彼女はいつもの顔に戻った。

「私がお教えしたことは頭に入っていますね?」

「ああ、問題ない」

ノアの姿が目に入ったようで、客たちから低いどよめきが漏れる。この時点で既に帰りたかったが必死に堪えた。

「これがあのソウラの王子とは! 見違えましたぞ、ノア殿」

「ありがとうございます、ドルス卿」

挨拶に訪れる貴賓たちの反応は三者三様で、にこやかな笑顔を浮かべつつ、侮蔑の色を隠さぬもの、ノアに好色な視線を向けるもの、一番多いのはやはり好奇心いっぱいにこちらを探ろうとするものだった。

彼らの興味はノアを通し、レオスへと向けられている。それがわかっているのでノアは適当にあしらった。

(皆さん、レオス皇子の弱みを握りたくて仕方がないらしい。無駄なのに、よくやるよ)

そろそろ挨拶を切り上げて、礼拝堂へ向かおう。ノアがそう思った時、よく知った声に呼び止められた。

「ノア! ここにいたか!」

「クラカか！」

久しぶりに会うクラカは長旅のせいか少々窶れて見えた。互いの息災を喜んでいると、背後から聞き慣れた、しかし懐かしいとは死んでも思いたくない声がした。

「これはこれは、我が弟君ではないか！　ご機嫌いかがかな。まさか弟がカルナ＝クルスの皇太子妃になるとは驚きだったよ」

父であるソウラ王の代理でここへ来るのはてっきり長兄だと思っていた。だが現れたのは一番苦手な次兄、エリヤだった。

高齢になった父は、もっとも信頼する長兄をよそにやることを良しとしなかったのだろう。ノアの面目よりも己の安心をとったのだ。

おかげで一番見られたくない相手に、一番見られたくない格好を晒す羽目になった。

「……兄上も、お変わりなくて何よりでございます」

ノアを見てエリヤが笑う。どんな残酷な台詞を吐けばノアの心を効果的に抉れるか、次兄の頭脳がめまぐるしく働いているのが見えるようだ。

ノアは母親が商家の娘であることや、末弟であることもあり、もともとソウラ王家内で軽んじられがちだった。

父のあとを長兄が継ぐのはまだいい。ノアがもっとも欲した将軍の地位を、騎士ですらなかったこの次兄が継ぐのである。だがソウラ軍ではノアを支持するものが圧倒的に多かったことで、この男には徹底的に嫌われているのだ。

「そうそう、カルナ=クルスでは以前も男が妃になったことがあったとか。世継ぎを生むのに女の腹を借りるのか？　それともお得意の魔法でおまえが実際に孕むのか？」

人目がなければ殴りたかったが、ノアは今カルナ=クルス家の人間としてここにいる。ノアが答えられずにいると、エリヤは目を輝かせた。

「おまえが孕むんだな？　ええ、そうなんだろう？」

「……式があるので、私はこれで」

立ち去ろうとした腕を、強く掴まれて引き戻される。嫌がるノアの顔を見て、次兄は愉快そうに笑った。

「こいつはいい〝おまえが〟赤ん坊を産むとはな！　大人しく西の領地を受け取り、私の下についていればよかったものを、無駄に欲をかくからこうなるのだ。王になるなどと戯言（ざれごと）を吐いていたかと思えば妃とはな！　まったく、わが弟ながら哀れな男だ」

クラカが止めようとするのをノアは視線で制した。素直にひとのことばを聞くような男ではないし、攻撃の矛先がノアだけではなく、クラカへも向くだけのことだ。

「兄上、もうすぐ式が始まります。このままではレオス様にご迷惑が……」

「レオス様にご迷惑が、か。ふん、おまえのような男を妃にするなどきっと頭のイカれた――」

「何をしている、ノア！」

鋭い声がエリヤのことばを遮った。

「レオス殿下！」

クラカが膝をつき、頭を垂れる。花婿の衣装に身を包んだレオスが、こちらへやってくるところだった。

普段から白い服を着ていることの多いレオスだが、純白の布地に金糸と銀糸で精緻(せいち)な刺繍が施された絹の外套をまっている。このどこまでも豪奢な衣装は、くすみのないレオスの明るい金髪と金色の双眸とを殊更引き立てていた。

ノアでさえ一瞬見惚れてしまったほどだ。

「まもなく式が始まる。挨拶はそこまでにしておけ」

尊大で嫌な奴だと思っていたレオスの登場に、ノアは救われたような心地がした。

「これはこれは、レオス殿下」

レオスを目にするなり、エリヤは人懐こい笑顔を顔に貼りつけた。剣の腕も読み書きも、ノアにはてんで敵わぬ男だが、社交術だけは別だった。昔からこの兄は、有力者に取り入るのだけは恐ろしいほど上手かった。

もしかしたら、レオスもエリヤのことを気に入るかもしれない。

ソウラとカルナ＝クルス両国のことを考えるならば、それは喜ぶべきことなのだ。だがノアとしては、どうにも居た堪れなかった。

「ようやくお目通り叶い光栄です。私はエリヤ・トスカ・ソウラ。ノアは不肖の弟ですが、十四の頃より騎士団で過ごしてきました。多少手荒に扱ったところで問題ありません。丈夫なだけが取り柄の木偶(でく)の坊(ぼう)ですから、存分に嬲って頂いても……」

「ノア！」

レオスが不機嫌そうにノアの名を呼ぶ。つい返事が遅れると、レオスに顎を持ち上げられた。思いの外、その手つきは恭しい。

「なにやら戯言が聞こえるな。誰だ、これは」

次兄には一瞥もやらずレオスが言う。頬どころか喉元まで赤く染める兄を見て、ノアは胸がスッとした。

「あれなるは我が愚兄にございます、殿下。どうかお見知りおきを」

ふん、と鼻で嗤いレオスは一度だけ次兄へ目を向けた。だがすぐに興味を失くした様子で、ノアに向き直ってしまう。

「とても貴様と血を分けた兄弟とは思えぬ。随分と貧相な顔だが、本当にソウラ王家の血筋の者なのか？」

レオスのことばを聞いて、ノアは咄嗟に俯いた。込み上げる笑いを必死に噛み殺したせいで、肩がぷるぷる震えてしまう。

エリヤは決して不器量というわけではない。ただ父のすこし潰れた鼻と母の歯並びとを受け継いでしまったことが、彼の不幸であった。

「ノア、貴様……兄を嘲笑うとは何事か。そんな態度を取って、貴様の母が無事で済むと思うなよ」

ノアの母はソウラの国でひとりきり、今も心細い思いをしている筈だ。我知らず、ノアはレオスの胸元を握りしめていた。

ふわり、とその指を優しく包まれる。驚いて顔を上げると、金色の瞳にぶつかった。

「ソウラの使者よ、その口を慎むがいい。ここにいるはノア・コルト・カルナ＝クルス。貴様の弟ではなく余の妃である。その母に仇なすというならば相応の覚悟をすることだ」

レオスの声は決して大きくなかったが、はっきりとあたりに響き渡った。

ノアの兄も王家の人間ではあるが、国の規模はまるで比較にならない。ソウラなど、カルナ＝クルス属州のひとつにさえ及ばないのだ。次兄は惨めにその身を震わせた。

「これは誠に失敬致しました。あくまで兄弟同士の戯言です。レオス殿下におかれましては、何卒誤解なきようお願い申し上げます」

それだけ告げると、次兄はそそくさとその場から立ち去った。

レオスがカルナ＝クルスの皇太子じゃなければ何か捨て台詞を吐いただろう。しかし彼は小心者ゆえ、怒りを胸に秘め立ち去ったのだ。それを知るノアは大変気分がよかった。

「最高だな！　あんたに口づけを贈りたい気分だよ！」

人目も憚らずノアはレオスに抱きつき大声で笑った。澄ました顔でレオスが頷く。

「余は構わぬぞ。せいぜい熱烈にしてみせよ」

「へ？」

ぐっと腰を抱かれ引き寄せられる。額を押し付けられても、ノアはしばし躊躇した。余計なことを言わなければよかった。そう思いながら、自ら皇子に口づける。

「んっ、んぅ」

息が苦しくて、だんだん頭がぼうっとしてくる。ふいにゴホンと咳払いが聞こえ、ノアはレオスの胸を拳で叩いた。気を使ってか、クラカが明後日の方向を見ている。

ノアは濡れた唇を乱暴に拭った。

「いい加減にしろ！　あんた、ねちっこいんだよ！」

「宣誓式の予行演習だ」

レオスを睨みつけたところで、ティア・ティシアが現れた。

「大神官がいらっしゃいました。おふたりともどうぞ中へ」

レオスは頷くと、当然のようにノアの腰を抱き寄せた。手を払ってやりたいが、自分たちは花嫁と花婿であることを思い出す。

ティア・ティシアの手によって、後ろに払いのけていたヴェールで顔を覆われる。

「さあ行くぞ、ノア」

手を取り合って祭壇に立つ大神官のもとへ向かうと、参列した人々から拍手が起こる。親族として兄のエリヤが最前列に座っていた。はっきりと悪意のこもった眼差しに、手順がふっと頭から抜け落ちる。

ノアが内心焦っていると、横にいたレオスが囁いた。

「上を見てみろ」

レオスに促されるまま頭上を仰ぎ、ノアはちいさく息を飲んだ。

（――うわ）

火の精、水の精、風の精、土の精の絵が天井いっぱいに描かれていた。カルナ＝クルスを守護する四大精霊たちだ。あまりの壮麗さにノアがことばを失っていると、レオスがそっと囁いた。

「何も案ずることはない。今この時も精霊たちが見守っている」

彼らの守護のもとでは、ひとの悪意など取るに足らないことだ。そう言われた気がした。

祭壇では大神官が神に祈りを捧げており、その文句がもうすぐ終わる。ノアは礼のつもりでレオスの指をそっと握った。

大神官が手にしていた杖で床を三回打ち鳴らす。それを合図にノアとレオスは大神官のもとへ進み出た。

「汝、夫たるレオス・アマルナ・カルナ＝クルスは妻ノア・コルト・ツァル・ソウラを生涯の伴侶とすることを神と精霊に誓いますか？」

「誓う」

躊躇することなくレオスが宣誓すると、参列者のあいだからどよめきともとれぬ息が漏れた。次はいよいよノアの番だ。

「汝、妻たるノア・コルト・ツァル・ソウラは夫レオス・アマルナ・カルナ＝クルスを生涯の伴侶とすることを神と精霊に誓いますか？」

静寂が耳に痛いほどだった。人々の視線がノアに集まる。頭の片隅に引き返すなら今だという声が聞こえた。黴が疼き、ノアは思わず苦笑する。あらゆる意味でもはや引き返すことなどできないと、自分自身が一番知っていた。

「はい、誓います」

ほっと安堵の息を漏らしたのは誰だったのか。礼拝堂の外で鐘が鳴るのを、ノアはぼんやりと聞いていた。

なんだか足元がふわふわして落ち着かない。既に初夜の儀を済ませ、妃としてカルナ＝クルス城に住んでいたにも拘らず、今さら実感がこみ上げてくる。

（俺は、この男の妻となった）

宣誓のあとは誓いの口づけだ。レオスがノアを待っている。相手のもとへ一歩踏み出すと、顔を覆っていたヴェールを剥かれた。

（あ……）

黄金の目がノアを見つめている。肩を掴まれ己がちいさく震えていることに気がついた。

（俺は、いったい何を怖れているんだ？）

唇に吐息を感じる。口づけの瞬間、ノアと小声で呼ばれ、伏せていた視線を持ち上げた。

視界が金色に融ける。まるで太陽に包まれているようだと思った。下唇を啄ばまれ、口を開く。舌を入れたのは自分のほうがさきだった。互いの熱を交換し、堪能したところで唇を離す。

拍手の音に激しく鼓膜を揺さぶられて、ノアは現実に立ち戻った。

（こんな人前で……俺は馬鹿かっ）

触れるだけの口づけですませるつもりだったのに、客たちに見せつけるように熱烈な接吻をかましてしまった。男同士というだけでも好奇の的であるというのに、自ら話の種を提供してどうする。

横目でレオスを窺うと、いかにもふてぶてしく堂々と胸を張っていた。恥じ入っている自分がなんだか虚しく思えて、ノアも彼に倣うことにする。

「神よ、そしてカルナ＝クルスの守護者たる精霊たちよ、どうかこのふたりに祝福を！」

杖でふたたび床を三度鳴らし、大神官は叫んだ。そのときレオスが唇を微かに歪めたのをノアは見た。

礼拝堂のそこかしこで火花が散る。人々の驚きの声を聞き、レオスは高らかに笑った。

「見よ、精霊どもが我らの婚礼を祝福しているぞ！」

歓声と拍手の中、宣誓式は終わりを告げる。ぐったりするまもなく、ノアはティア・ティシアに捉まった。

「これから御前試合が始まります。至急お召し替えを」

「……わかった」

控え室に戻り、観戦用の衣装に着替える。用意されたのは真紅のドレスではなく、葡萄酒よりも濃い赤色の外套だった。外套は足首を覆う丈があり、あまり紳士的とは言い難かったが、花嫁衣装よりはかなりマシだ。胸にタリア手製の花飾りをつける。

「レオスの奴は着替えないのに、どうして俺だけ……」

「式は女性……いえ、花嫁のためのものですから」

そういうティア・ティシアも今日は兵士の格好ではなく、高位の女官であることを示す鮮やかな青のドレスをまとっている。

「似合うんだから、普段からもっとそういう服を着ればいいのに」

「ノア様と一緒で私も女らしい服は好きではありません。剣を振るいづらいですから」

「気持ちはわかるけど、俺と一緒にしちゃ駄目じゃないのか？」

御前試合は城門前で開かれる。ティア・ティシアとともに会場へ向かうと、王族や貴族たちには桟敷席が、庶民向けに立ち見席が用意されていた。

試合の開始までまだ時間があるようで、大道芸人たちが前座として代わる代わる現れて、観客たちを笑わせる。

ノアも最初は楽しんでいたのだが、待ち時間が長すぎて次第に飽きてきてしまった。レオスに至っては、主賓席に座りながら堂々と書状に目を通している。

「あんたなあ……こんなときくらい執務は忘れたらどうだ」

呆れるノアへ一瞥も寄越すことなく、レオスは言った。

「忘れて書状が消えるのなら、いくらでも忘れてやるのだがな」

女官がやってきて、盃に果実酒を注いでくれる。他にやることもないのでつい杯を重ねるうちに、女官の視線が冷ややかになってきた。

「どうした、もっと注いでくれ」

ノアが上機嫌に訊ねると、女官は「新しいものをお持ちします」とそそくさと立ち去った。

レオスは仕事に夢中だし、歌も踊りも興味がない。ノアは主賓席から立ち上がった。

「どこへ行く？」

レオスが書状に目を落としたまま訊ねてくる。ノアは肩を竦めて言った。

「酒を飲みすぎた。ちょっと厠へ……おっと失礼、そのへんで花でも摘んでくる」

ノアのことばにレオスはうんざりした顔で手を振った。

厠塔で用を足し、ノアは主賓席へと戻ろうとした。その帰り道、厨房に顔を出し、美味そうな鴨肉の燻製を失敬する。花嫁としての体裁を考え、ノアは近くの茂みに身を隠した。

（朝から口にしたのが果実酒だけじゃ、いい加減腹も減るっての）

脂の乗った鴨肉に舌鼓を打っていると、人の話し声が近づいてきた。茂みの隙間から覗き見ると、若い兵士が三人ばかり連れ立ってやってくる。

「悔しいのはわかるが、その怪我では仕方がないさ。隊長殿だってわかってくれるとも」

「こんな怪我くらい、なんともない」

「おいおい、こんな怪我って……手が倍も腫れているじゃないか。医者からは骨が折れていると言われたんだろう？」

「試合に出られる名誉に比べたら、こんな痛みくらい……がっ、あ！」

無理するな、と仲間たちに慰められ、若き兵士が肩を落とす。仲間たちが立ち去って、あとには負傷した兵士だけが残された。

兵士はノアの隠れている目と鼻の先までやってくると、声を殺して泣きだした。

（御前試合に選ばれたのに負傷したのか。騎士の誉だろうに、泣きたくもなるよな）

ノアは苦笑し、その場から去ろうとした。そのとき、足元の小枝を踏み抜いて、思ったよりも大きな音を立ててしまった。

「誰だ？　俺のことを笑いに来たのか！」

殺気だった兵士が真っ直ぐこちらへ向かってくる。まずい、と思った瞬間茂みをかきわけ兵士が現れた。

ノアが声を発するよりさきに、男の手が伸びる。タリアがくれた花飾りを乱暴に掴まれて、つい頭に血が上った。

「触れるな、狼藉者！」

相手が兜を被っていたため下から突き上げるようにして顎を狙う。それが思った以上に綺麗に決まり、しまったと思った瞬間、兵士はその場に崩れ落ちた。明らかにやりすぎだ。

「ノア！　どこにいる、ノア！」

声がしてノアは兵士を藪に引きずり込む。思わず隠れてしまったが、現れたのは兄のエリヤだった。何故ノアのことを探しているのだろう。

クラカの姿はなく、エリヤは従者を三人ほど連れていた。

「厠塔にはいなかったのだな？　いったいどこをほっつき歩いているのだ。子供の頃からまったく変わらん」

「主賓席へ帰られたのではないでしょうか」

「いや、今来た道を通らねば会場へは向かえない。このあたりにいる筈だ、探してこい」

厨房のほうへ駆けていく従者の背を見送って、エリヤがふいに声を潜めた。

「ノアを見つけたら、隙を見て攫うぞ。あの腹立たしいレオスの鼻を明かしてやる」

「しかし主人様、そんなことをしたら騒ぎになってしまうのでは……」

恐る恐るといった様子で、従者がエリヤに申し出る。

「フン、ノアの失踪癖は昔からだと嘯いてやるさ。それにしても我が弟ながらおぞましい、男の身で子を孕むなど……まあ、それはそれで使い道もあるか。国へ連れ帰ったら北の領主あたりにくれてやる」

ノアはソウラの北部を治める貴族のことを思い出した。熊のような大男で、七人の妻を持っている。ノアの母に執着し、その息子であるノアを見かけるたび「おまえが娘だったら八人目の妻として迎えるのに」と口癖のように言っていた。思わず背筋がぞっとする。

ノアが孕めることを知れば、あの熊なら面白がって犯そうとするかもしれなかった。

(くそ、厄介だな)

エリヤはともかく従者のひとりは腕が立つ。ノアが城にいた頃から兄に仕える剣士だった。

四人相手では手加減はできない。それにノアはもうカルナ＝クルスの人間なのだ。ここでソウラ王家の人間の血を流すわけにはいかない。なんのためにレオスの嫁になったのかわからなくなってしまう。

エリヤの目を誤魔化し、ここから逃げ出す必要がある。ノアはふと傍らに転がっている兵士の姿を目に留めた。これだ、と閃き、兵士の装備を剥ぎ取る。

(似たような体格で助かった)

鎖帷子を着込み、サーコートをまとう。兜を頭に被ると騎士だった頃を思い出し、ノアのこころは高揚した。

裸のままでは申し訳ないので、兵士にはノアが着ていた外套とズボンを穿かせてやる。外套はともかくズボンは胴廻りが足りないのに丈は余る始末だったが、許して貰おう。

茂みを移動し、できるだけエリヤたちから離れたところから庭に出た。だがすぐこちらに気がついたらしく、エリヤたちが向かってくる。

「そこのおまえ、待て！」

思わずギクリと身を強ばらせる。会場まで駆けて逃げようとしたところ、「おお、いたいた」と複数の声と足音が、慌ただしく近づいてきた。

「こんなところにいたのか、ルキウス！　もう試合が始まるぞ、皇子をお待たせするな」

そのまま有無を言わさず連行される。訂正するタイミングを逃したノアは、気がついた時には試合会場に立っていた。

（ひょっとして、これはまずい展開なのでは……）

ノアはぐるりと周囲を見渡した。柵の向こうでは、立ち見の客が押し合っている。それから二段も三段も高くなった場所に、レオスが座っているのが見えた。彼は手元の書状からおもてを起こし、ふとノアのほうへ視線を向ける。

彼が見ているのは自分ではなく、試合を行う兵士だ。わかっているのにドキリとする。

（顔も隠しているのに、あいつが気づくわけない）

レオスが書状を脇に避ける。試合をまともに観戦する気になったようだ。

観客席からわっと歓声が沸き起こる。見れば対戦相手が入場するところだった。

相手兵士の身長はノアより低いくらいだが、横幅は倍近くもありそうだ。彼は腰の剣を引き抜くと、その場に片膝をついた。両手で剣を掲げ、兵士はレオスへの忠誠を誓う。

腹の底が熱く滾った。ノアもまた抜刀し、レオスに向かって掲げてみせる。

(こりゃあ、なかなかいい剣だな)

手に馴染ませるため、二度三度風を切ってみる。自在に剣を操るノアを見て、観客たちがおおと声を漏らした。腕慣らしを済ませ、剣を構える。

互いの剣先を交差させ、試合開始の合図を待つ。会場が静寂に包まれた。

ノアは壇上にいるレオスを仰いだ。その白い指さきが持ち上がる。試合開始——。

すぐに大男が仕掛けてくる。刃と刃のぶつかる鋭い音が、蒼穹(そうきゅう)へと吸い込まれていった。

「腕を上げたな、ルキウス!」

打ち込み、離脱しながら、相手の剣士が叫ぶ。兜の下でノアは笑った。

観客たちが戦士の名を叫ぶ。声援は相手のほうが多いようだ。体格のわりに動きが素早い。打ち込んでくる一撃一撃が重かった。確かにいい腕をしている。

(はは、そうだ!　これだよ、これ!)

戦の喜びに、全身の血がざわめく。無意識のうちにノアは舌舐めずりしていた。

剣技はこちらに分があるが、力はあちらのほうがずっと強い。悪くない相手だった。戦場で混戦時には当たりたくないと思う。ノアがそう思うことは珍しかった。

力任せの剣をノアがいなしていると、相手は次第に焦れてきた。大振りのぶん、どうやら向こうの消耗が激しいようだ。

(そろそろ仕掛けてくる頃か……)

読みが当たり、男が襲いかかってくる。ノアは相手の突進を躱し、その首に剣の柄を叩き込んだ。

「ご、おっ」

大男が大の字に伸びる。起き上がってこないのを確かめて、ノアは剣を高く突き上げた。

一瞬の静寂、それから空気を震わせるような歓声があたりに響き渡った。人々の喝采と色とりどりの紙吹雪が舞う。倒れた兵士が運ばれ、ノアだけがレオスの御前に残った。

やがて拍手がまばらになる。ノアは一歩前へ進み、地面に剣を突き立て片膝をついた。全身から噴き出してきた汗が、鎖帷子の隙間から地面へ滴り落ちる。

「見事な試合であった。名を名乗るがよい」

レオスの声が降ってくる。兜の下でノアは目を泳がせた。

(こいつ、なんて呼ばれてたっけ……)

観客も叫んでいたし、何度か呼びかけられもした。その名前をノアは必死に思い出す。

「えーと……キリウスです、殿下。いや違う、ルシキルだったか?」

観客席がざわついている。彼らが知っている名前ではなかったのだから当たり前だ。戦っていた時以上にノアの心臓が早鐘を打つ。

（くそ、男の名前なんか覚えてられるか！）

もはや誤魔化すことは不可能だ。ノアは剣を腰におさめ、優雅に一礼してみせた。

「我が拙技で殿下のお目を汚したこと、お詫び申し上げます。それでは失礼致しました」

それだけ叫ぶと、ノアは立ち見席へと一目散に駆け出した。あれだけの人混みなら兜とサーコートを脱げば紛れ込めるだろう。

（……あれ？）

どん、と全身に衝撃が走る。いったい何が起きたのか。吸い込まれそうな空を見上げ、ノアは両目をパチクリさせる。レオスが己を見下ろしていた。彼に引き倒されたらしい。

「勝者のくせに名乗りたくないとはな。余の手をわずらせるとは不届きにもほどがある」

がん、と肩を踵で踏みつけられ、ノアは呻いた。分厚いサーコートと鎖帷子のおかげで痛みはさほど感じない。

観念してノアは全身から力を抜いた。

この男には敵わない。剣を抜く暇さえなく倒されてしまったのだ。

レオスの手によって兜が剥がされる。長い髪が地面に落ち、ぱさりと乾いた音を立てた。

互いの目が合い一瞬押し黙ったあと、レオスは弾かれたように笑い出した。

「これはしてやられた！　見よ、余の妃は飾って美しいばかりの花ではなかったようだ」

レオスが踵をどかしたのでノアは半身を起こした。地に膝をつき、頭を垂れる。

「まさしく、私は殿下の剣。命ある限りお仕え致します」

いつかのようにレオスの爪先に口づけようと、ノアは身を伏せた。だが白い手がノアの頬を包み込み、そっとおもてを上げさせられる。

戸惑うノアの額に、レオスは唇を押し当てた。驚いて相手を仰ぎ見ると手を引かれ、まっすぐ立たされる。

観客たちから割れんばかりの拍手が起こり、口笛と歓声が飛び交った。いつもなら眉を顰めそうなそれにレオスが笑顔で応える。

ノアの背中にまわされていた指が、つつと腰へ落ちてくる。武装の上から撫でられたにも拘らず、ぴくんと反応してしまった。耐え切れずノアが身を捩ると、腰を捉まれぐっと身を引き寄せられる。

「寝室ではその格好で待っていろ。なかなかにそそるではないか」

「自由でいいな、あんた」

呆れた顔をしようとしたが、どうしても照れが混じってしまう。ノアはフイとそっぽを向いた。ふと頬に視線を感じ目を向けると、エリヤが怒りを堪えるような表情でじっとこちらを見つめている。

(尻尾を巻いてソウラへ帰れ)

ノアがべっと舌を出すと、エリヤは顔を真っ赤にしてどこかへ去って行く。ソウラにいた頃は母を守るため兄たちに逆らうことなど考えられなかった。ここへきてようやく一矢(いっし)報いたような気分だ。

「あんたと結婚して、よかったかも」

ぽろりと口からこぼれたことばにノアは自分でも驚いた。生まれてからずっと己を縛めていた重い鎖が解けてゆく。この傲慢な皇子の傍らで、ノアは楽に呼吸ができるのだ——母国ソウラにいた頃よりずっと。

「貴様にはその道を選ぶしかなかったというのに、よく言うわ」

「うるさい、今のはちょっとした気の迷いだ。さっさと忘れろ」

意地悪く笑うだけでレオスは答えない。ノアはちいさく舌打ちした。

湯を浴び、服を着替える。正餐の衣装は、黒い絹の布地に、金糸と銀糸で見事な刺繍が施されたものだった。花婿衣装のほぼ色違いで、実際レオスの隣に並ぶと見映えした。

心配していたエリヤは、己の顔を繋ぐのに必死らしく、こちらにはほとんど絡んでこなかった。ひっきりなしに訪れる諸公たちの挨拶を捌き、もうすぐお開きというところでノアはようやくクラカを捉まえることができた。

ソウラの様子や母の近況を訊ね、ひとまずは安心する。

「王妃はお変わりなかったよ。当たり前だが、おまえがレオス皇子に嫁いだと聞いてかなり驚いていたな」

「はは、そりゃそうだ」

「王と殿下は相変わらずだ。国から幾つか貢物を持ってきたので、レオス皇子とともにあとで確かめてくれ」

　ありがとう、とノアがクラカに礼を言うと、酷く複雑そうな顔をした。

「こんなこと言っちゃなんだが……おまえちょっと見ないあいだに綺麗になったな」

　予想外のことばに、危うく果実酒を噴き出すところだった。軽く噎せるノアの背をさすりながら、クラカは遠くを見つめて言った。

「娘を嫁にやる父親ってのは、きっとこんな気持ちなんだろうなあ」

「男やもめが何をほざいてやがる」

　食事が終わり、来客たちは各々の部屋へと去ってゆく。

　最後に残っていた来賓を見送り、ノアは己の寝室へ戻った。甘いお香の匂いにギクリとする。だが慣れたのか、以前より随分控えめに焚いているせいなのか、身動きできなくなるほどではなさそうだ。

　空気の入れ替えをしようとノアが窓にへばりついていると、ノックもなしに扉が開いた。勿論レオスの仕業だ。

「むっ、何故言いつけた格好をしておらぬ」

　入ってくるなりノアの格好に文句をつける。こちらも悪びれずに答えてやった。

「兵士の商売道具奪っちゃ悪いだろ」

　乱暴に腰を下ろしたせいで、寝台が大きく軋んだ。

ノアが追剥ぎしたサーコート一式は、ティア・ティシアに頼み、元の持ち主に返しておいた。自分の代わりに試合に出たノアが勝者になったと聞いて、兵士は喜んでいたらしい。

色々落ち着いたらノアも顔を出すつもりだ。殴り倒したことを直接会って謝りたい。

「そんなに言うなら、俺にも装備をくれよ。閨ばかりじゃなくて実戦でも役立つぜ」

後宮で女たちの機嫌を取っているのも悪くないが、やはり自分は戦うのが性に合っているようだ。今日の試合でつくづくそれを実感した。

だがレオスの返事はつれないものだった。ノアのすぐ隣に座り、横目で睨む。

「装備はくれてやるが、貴様を実戦に投入するつもりは一切ない。精霊も使えぬ身で戦場に出るなど許さん」

確かにレオスは強い。精霊の加護ばかりではなく、本人の体術も相当なものだ。しかしノアもまた騎士として戦ってきた誇りがある。

「あんただって、今日の試合を見ただろ。この国の兵士の中で俺より剣を使える奴がどれだけいる？」

「確かに剣の腕だけならば、貴様は余を凌ぐであろう。だがいくら剣が強くとも、百人、千人の敵に囲まれたらどうするつもりだ。戦は一対一の御前試合とは違う」

「戦なら俺だって何度も経験して……あぅ！」

突然、徴の上から腹を押され、ノアは背筋をわななかせた。最奥が浅ましく収縮するのが自分でわかる。目を伏せようとしたが許されず、レオスと視線がぶつかった。

「ノア、貴様はもう普通の男ではない。もしも敵兵に捉えられ、陵辱されたらどうするつもりだ。仇の子を孕むつもりか？」

「や、めっ」

己のことばに興奮したのか、レオスはノアの服を乱暴に引き裂いた。よりにもよって婚礼の衣装を破くとは信じられない。ノアは思わず青ざめた。

「何するんだよ！　あんた、これ幾らすると思ってんだっ」

「婚礼の衣装などもう二度と着る機会のないものを、大事にしまっておいてどうする」

「た、宝物にするとか色々あるだろ！」

ピンとこないようでレオスが首を傾げている。その横でノアは両手で顔を覆った。

（何が宝物だ。宝物になるような、素敵な思い出なんてどこにもなかっただろうが！）

己の失言にノアがひとりで悶えていると、レオスは魔法を使って互いの衣服を消した。引き裂くよりこちらのほうが早いことに気づいたらしい。

「足りぬ頭で考えてみよ。余が軍を率いて戦っているあいだ、いったい誰がこの城を護ると思っている。精霊も使えず戦の経験もないキュロスにでも頼むか？」

ノアが答えるよりさきに、レオスは続けて言った。

「それより今日こそ貴様を孕ませてやる。覚悟するがいい」

ふいに耳元で告げられて、生娘のようにノアは身を震わせた。彼が言うと本当に聞こえる。徴を授かった下腹の奥が、きゅうと切なくヒクついた。

(畜生っ。なんでもかんでも、こいつの思い通りにされて堪るか)

ノアは迫ってくるレオスの胸を両手で押しやった。邪魔をするなとでも言いたげにレオスが眉を顰める。機嫌を損ねないように、ノアは相手の頬を優しく撫でた。

「そんなに慌てるなよ。せっかく今日は特別な日なんだし、ちょっと趣向を変えようぜ」

「趣向を変える?」

「まあまあ、俺に任せておけって」

媚びるように相手の唇を舌で舐める。警戒しているのか、レオスは口を開かなかった。

戯れのように乳首を指で摘まれて、ノアは恥ずかしげもなく喘いでやる。

「貴様、いったい何を企んでおる?」

乱暴に胸の突起をこね回される。演技ではなく本気でノアは声を漏らした。乳首を弄られただけなのに、しっかり性器が反応している。まるで女みたいだ。自嘲気味にノアは思う。いっそ見せつけるように腰を揺らすと、レオスがゴクリと喉を鳴らした。

「別に……たまには妻としてあんたに仕えてやろうと思っただけだ」

自然と声が掠れる。半信半疑のようだったが、最後にレオスは折れた。

「貴様がそこまで言うのならば許す。その変わった趣向とやらをやってみせよ」

相手の尊大なことばに、せいぜい不敵に笑ってやった。

ノアはさっそくレオスの足のあいだに身を伏せる。何をするのか察したらしく、レオスが大きく目を見張った。

「ん……っ」

口を開き、レオスの陰茎に舌を這わせる。幹から括れ、筋を舐めたあと、ノアは思い切ってまだ柔らかいままの陰茎をすっぽり咥えた。

（……よかった。思ったより、平気だ）

ノアが想像していたような、味や匂いは一切しない。萎えた陰茎を唇で優しく食み、先端を吸ったり、まぐわう時のように口の中で出し入れした。

「んっ、う」

口腔内でレオスが一気に膨れ上がる。どうやらレオスもその気になったようだ。

（でか……口に全部入らない）

女たちに教わった通りに、先端の敏感な部分を舌で刺激したり括れを責めたりした。

誰にも触れられていないのに、胸の先が尖り、腹の奥がずしりと重たくなる。

（そういえば、派手に音を立てるといいって言ってたな）

すこし恥ずかしかったが、わざと下品な音を立て剛直を吸い上げる。腰をビクつかせ、微かに呻くレオスの反応にノアは大変気をよくした。そのまま一気に追い上げようとしたところで、無理やり身を剥がされる。

「あ、え？」

舌を突き出した間抜けな顔でノアはレオスを仰ぎ見た。珍しく目尻を赤く染め、レオスが息を弾ませている。どう見ても欲情しているように見えるが、行為を中断したということはよくなかったのだろうか。レオスが不満そうな顔で口を開いた。

「貴様……こんなこと、いったいどこで覚えてきた?」

「そりゃ、後宮の女たちからに決まってるだろ」

答えてからノアはようやく相手の不機嫌の理由に思い当たった。

「あんたの女たちには手を出していないから心配するなって。俺だって牢獄はごめんだからな。そもそもあっちのほうが、俺のことを〝男〟だと思ってなさそうだぞ」

「そういうわけではない。……否、ある意味そういうわけではあるが」

歯切れの悪い物言いにノアは思わず首を傾げた。

「なんだよ、あまりよくなかったか? やっぱり、もうちょっと鍛錬しないと駄目だな」

後半は独り言だったのだが、何故かレオスが激しく反応した。

「鍛錬だと? 貴様、いったい誰を相手に……まさかあの従者か?」

肩を掴まれ激しく揺さぶられる。ノアは本気で驚いた。

「従者って、まさかクラカのことか? いったいあんたは何を言っているんだ! 俺があんた以外の男とどうこうするわけないだろ。張形を使って練習しようと思っただけだ」

レオスの勢いが急激に萎む。まったく呆れた男だ。本当に生娘が好きなのだろう。

同じ男としてその気持ちはわからなくもない。だからノアは親切心から告げてやった。

「そう心配するなって。男はあんた以外とは絶対にしないから」

「男はだと? 女はどうするつもりだ」

安心させるために言ったつもりが、どうやら藪蛇だったらしい。激怒するレオスにノアは身の危険を覚え後退った。

「ことばのあやだ！　どっちともしないっての！」

そのままレオスに押し倒されたかと思うと、尻の下に枕を敷かれた。腰が浮き、尻が天井を向く痴態に顔が赤らむ。

周到に用意された潤滑油を後孔に垂らされて、あっとノアは仰け反った。指で数度慣らされただけで、すぐにレオスが入ってくる。

「ヒッ、んぅ」

香のせいなのか、それとも口淫のせいなのか、最奥は柔軟にレオスを受け入れる。相手もそれに気づいたようで、すぐに激しい抽挿が始まった。

「はげし、すぎっ、もっと、ゆっくり……！」

腰が浮いているため、いつもより深いところを抉られる。痛みはほとんどなかったが、息が苦しくて目に涙が滲んできた。

「や、だ、ぁあ」

苛烈な抽挿は止まったが、レオスはさらに奥を目指そうとするようにぐりぐり腰を押しつけてくる。身体が浮いてしまいそうで、ノアはぎゅっと広い背中にしがみついた。

「ふかいの、やめろよぉ」

ノアが鼻声で訴えると、レオスは剛直をじりじりと引き抜きながら訊いてきた。

「イヤイヤばかりではなく、どこが悦いのか言ってみよ」

半分ほど引き抜いた状態で、ぐるりと中をかき混ぜられる。思わず喘いでいると、答えを催促するように唇を撫でられた。

「ふ、あっ、んん……もっと手前の……」

「ここか？」

「ひっ、そこ、そこぉ！　イ、あっ、つぶれ……」

雄身の先端で性器の付け根を押し上げられると、目の前に火花がチカチカ舞った。執拗に何度もそこばかりを狙われて、ノアは激しくかぶりを振った。

「や、もぉお、いいかげんに、いッ……」

ずっと浅いところで抜き差ししていたのに、突然奥まで貫かれる。ノアは声を放つこともできず、全身を硬直させた。

「――――！」

視界が白く染まる。ノアには何が起きたのか、わからなかった。あ、あ、とちいさく喘ぎながら全身を痙攣（けいれん）させる。

「ほう、前は触れていないのに中だけで達ったのか。貴様があまりに締めつけるので、つられて出してしまったぞ」

言いながらレオスがゆっくり腰を引く。蹂躙され綻（ほころ）んだ最奥から白濁液がこぼり、とこぼれて枕を汚した。

「なんだ、まだ達っているのか？　しようのない奴め、余が口を吸ってやろう」

舌を吸われ、脳が蕩ける。陰茎に触れず尻を犯された刺激で達したため、精を一度で放つことができず、止め処なくトロトロとあふれてきた。

射精すれば一瞬で退く熱を無理矢理引き伸ばされているようなものだ。やがて激しい波は去ったものの、まだ肌がビリビリする。

多幸感のようなものに包まれ、ノアはハアと息をこぼしながら下腹の徴を撫でた。

「びっくりした。女って凄いな。毎回アレを耐えてるなんて……俺は死ぬかと思ったぜ」

ここ数日の疲労が押し寄せてきて、ノアは大きな欠伸をした。今日はよく眠れそうだ。

「死ぬとはまた大袈裟な。さっきのがそれほどまでに悦かったと申すか」

「申す申す。本当に凄かった。俺、あんなの生まれて初めてで……」

口づけでことばの続きを奪われる。すぐに舌が入ってきて、ノアの火照った口腔内をねっとりと荒らした。

後戯と呼ぶには熱烈すぎる口づけにノアは顔を引き攣らせた。とても嫌な予感がする。

「レオス皇子、我が夫よ。すっかり夜も更けました。今宵はもう休みませんか？」

「ノア、我が妻よ。貴様がいたずらに煽ってくれたおかげで、余はすっかり兆してしまった。もうすこし付き合って貰うぞ」

咄嗟に視線を向けると確かに彼の雄身は完全にそそり立ってた。逃げようにも腰が立たない。簡単に膝を押し開かれて、レオスの侵入を許してしまう。

「無理、もう無理だって！　本当に死ぬ……あぁッ」

　抜き差しされると、今しがた奥へ放たれたもので、結合部がぐちゅぐちゅと泡立った。

　こうなったらすこしでも早くこの行為を終わらせようと、ノアも自ら腰を使う。気づいたレオスが、敢えてその動きを逸らしたり、逆に突然激しく合わせてくる。結局翻弄された挙句ノアは泣きじゃくる羽目になった。

「数多の女を抱いてきたが、貴様のような人間は初めてだ」

　快感で頭がバカになっている。レオスのことばにノアは喘ぎ泣きながら笑った。

「はっ、んん、今頃っ、俺の魅力に、気づいたか」

「そうだな」

　レオスは素直に頷くと、腰の動きを一層激しくした。嵐の中でノアは必死によすがを探す。息も絶え絶えに目の前の逞しい男に抱きついた。

「あ、アア、アアア！」

　先走りなのか精液なのか、もう判別つかないほどしとどに濡れた陰茎を、互いの腹のあいだで押しつぶされた。視界が灼ける。ノアは己を深く穿つ剛直をきつく締めつけ、尻をわななかせた。二度目の絶頂に目が眩む。

　腹の中でレオスが跳ねた。奥を濡らされる感触に、ノアの全身が総毛立つ。ふいに息が止まるほどきつく抱き締められ、思わず呻いた。

　痛いと文句を告げるには、ノアは疲れすぎていた。レオスが耳元で何か囁いている。彼のことばを聞かなければと思うのに、声はどんどん遠くなる。

「ノア――」

優しい声だ。いつもこんなふうに喋ればいいのに。レオスに言ってやりたかったが、その前にノアは夢の世界に突き落とされていた。

7

星の月の収穫祭が終わると、すぐに建国の祭りがやってくる。今時分はカルナ＝クルスが一年でもっとも賑やかになる時期だという。

女も男も大人も子供も、誰もが浮き足立っている。それはノアも例外ではなかった。

後宮の女たちも、神に捧げる舞を熱心に練習している。踊れない女たちが織物をしたいなどと言い出したので、城の倉庫にあった織機（しょっき）を後宮へ運んでやった。それからずっと、女たちは交代で作業に励んでいる。

ノアだけがひとり暇を持て余していた。踊りは苦手だし、織物はさらにお手上げだ。

つい鬱々としてしまうのは、女たちに放っておかれているせいではなかった。未だに精霊の姿が見えないことが原因である。

時折ノムドの声が聞こえても、そのほとんどがノアをからかうことばかりなのだ。

「いい加減教えてくれてもいいだろ。どうやったら、あんたらの姿が見えるんだよ」

後宮の噴水に銅貨を放りつつノアは言った。小銭の効果か珍しくノムドが答えてくれる。

「別に我らは隠れているわけではない。いいか小僧、おまえがこころの底から見たいと願えば自（おの）ずと目に見える筈なのだ」

「どうだかな！　今だって俺はあんたの面を拝みたくて仕方ないんだけど」

不貞腐れて地面を蹴っ飛ばす。ふと顔をあげると織機に集まる女たちの姿が目に入った。模様の確認をしているようだ。ノアは噴水の縁に腰を下ろした。

「見事なもんだよなあ。それにしても建国祭に間に合わせたいからって、あんなに根を詰めて平気なのかね」

「愛する男への贈り物だ。乙女たちも張り切るだろうさ」

半分独り言のつもりだったが、ノムドが反応した。

「愛する男……？」

ノアが怪訝な顔をすると、ノムドは答えてくれた。

「小僧は西の生まれだったか。ここカルナ＝クルスでは建国祭に好き合った者同士が贈り物をする習わしでな」

「ふうん、本当かよ」と気怠く頷いてから、ノアはすぐにそわそわしだした。

噴水から立ち上がり、声のしたほうへ顔を向ける。しかし「儂ならここだぞ」とまるで違う方向から声が降ってきた。見えないものは仕方がないと、ノアは女たちを眺めながら言った。

「あー……そのさ、好き合っているもの同士って、たとえば夫婦とかも含まれたりする？」

「旦那殿に何か贈るつもりか？　今から慌てて用意して、間に合えばよいがなあ」

思わず舌打ちをする。

レオスはカルナ＝クルスの皇太子だ。この世のありとあらゆる財が彼のもとへと運ばれてくる。あの男が持っていないものはなんなのか、いったい何を欲しているのか、ノアには見当もつかなかった。

（確かになあ。今から用意できる品物なんて、奴にとっちゃたかが知れてるだろうし……）

ため息を吐きながらノアはもう一枚銅貨を噴水に投げ込んだ。とある国のなんとかという泉に硬貨を投げると、願いごとが叶うらしい。

ノアはその泉がどこにあるのかも名前も知らないので、この噴水で代用しているのだ。精霊がフラフラしているのだから、ここだってきっと似たようなものだろう。ちなみに今のところ御利益はない。

ひとりで悩んでいても仕方がないと、ノアはティア・ティシアに相談することにした。城のこともレオスのことも詳しいので適任だろう。

「建国祭でさ、あの野郎……じゃなくて、レオスに贈り物をしようと思うんだが」

あの野郎と言った瞬間相手の眉が跳ね上がったのでノアは慌てて言い直した。

「はい、何を贈りますか？　物によっては手配に時間がかかるものもありますので」

「それなんだが、何がいいと思う？　あいつの欲しいものって見当がつかなくて」

ティア・ティシアはふっと頬を緩めてみせた。

「ノア様から贈られたものでしたら、きっとどんなものでもお喜びになると思いますよ」

「いやー、それはない。それはないと思うぞ……」

相談が終わったのか、機織りが再開する。ティア・ティシアは視線をそちらへ向けると、少し考えてから口を開いた。

「何か、身につけられるものはどうでしょう。私の祖母が生まれた国の習わしなのですが、結婚したふたりは互いに指輪を贈り合うのです。その指輪を心臓に繋がる左手の薬指に嵌めることで、こころを繋ぎあったとか」

　こころを繋ぎ合うと聞き、ノアは目尻を赤く染めた。自分とレオスは結婚しているものの、そんな関係ではない。ノアはそのうち彼の手からカルナ＝クルスを奪うつもりでいるし、向こうだって適当にノアのことを利用してやろうと思っている筈だ。顔を見れば嫌味ばかりだし、閨ではノアが嫌だと言ってもしつこいし――。

（本当に嫌な奴だよな。でも）

　レオスは身を粉にして帝国に尽くしている。人としてはどうかと思うが、王としての彼のことは正直ノアも認めざるをえない。父であるソウラ王とは較べるべくもないほどだ。

「指輪か……執務の邪魔になるとか言い出しそうだな」

「別に指輪に拘らなくともいいと思いますよ。それこそ心臓に近い場所につけるなら、ネックレスは如何でしょうか？」

「ネックレスはいいが、宝石がなあ……ここの宝物庫に転がっている以上のものなんか、滅多に見つからないだろうし」

　ひとりごちていたノアは、ティア・ティシアが噴水を覗きこんでいることに気がついた。

「何をしている？」

「いいえ、ここに何かが落ちているものですから」

「ああ。それは銅貨で、俺が投げたんだが……」

ノアも彼女と一緒になって噴水を見た。揺れる水面に己の姿が映りこむ。降り注ぐ陽の光に照らされて耳飾りのオリカルクムがきらりと煌めいた。

ハッとして、ノアは己の耳飾りに触れた。冷たい感触が指に伝わる。迷ったのは一瞬だった。ノアはすぐにこころを決めると、ティア・ティシアに言い放つ。

「ひとを探して欲しいんだ――」


ノアが探していた人物はすぐに見つかった。

純正のオリカルクムを扱える人物だ。だがその男は既に年老いていた。目は光を失い手は硬く強張っているため、自ら作業することはできないという。

「城なら工房がおありになる筈。手順をお伝えしますので、その通りに……ただオリカルクムは熱を入れると黒くくすみまする。それを同じオリカルクムの研ぎ石で磨くことで、輝きを取り戻すのでございます。この研ぎ石はどうかお持ちくださいませ。年寄りにはもはや無用の代物でございますゆえ」

さっそくノアは工房へ向かった。希少な純正オリカルクムを扱うとあって、工房の職人は初め難色を示したが、半ば脅して火を入れさせる。

オリカルクムを加工するには温度が高すぎても低すぎても駄目だという。最適な温度を見極める必要があり、それこそ職人の技なのだ。それでもやるしかない、とノアが覚悟を決めると、いったいどういう風の吹き回しなのかノムドが助言を与えてくれた。

「ほら、そろそろいい塩梅だぞ。火からそいつを引き上げろ」

オリカルクムが加工できるほど柔らかくなったので、あとは形成すればいい。雫型の両耳飾りを一回りほど削って、そこから新たにちいさな雫を象った。

老人の言ったとおり、虹色の輝きを放っていた石は、炭のように黒ずんでしまった。

「本当にこいつが元に戻るんですかねえ?」

工房の職人が、心配そうに顎を撫でる。ノアも心配だったが、あとは老人のことばを信じるしかない。貰った研ぎ石で擦ってみると、確かに曇りがマシになった気がした。

「おお、これならなんとかなりそうだ。建国祭までに仕上げればよろしいですか?」

「いや、あとは俺が自分でやるよ。手伝ってくれてありがとう」

ノアが礼を言うと工房の職人たちはしきりに恐縮した。皆に口止めをしつつ、ノアは後宮へ戻った。レオスには内緒で仕上げたかったのだ。

とにかく時間が惜しかった。建国祭まで日が迫っている。

早朝から深夜までノアは後宮に入り浸った。さすがに晩餐だけは顔を出したものの、すぐに自室には戻らず後宮へ取って返す日々が続く。

いっそのこと後宮で寝起きしようかと思ったが、実行に移さないだけの分別はちゃんとノアにもあった。子を孕めるとはいえ、あくまでノアは男なのだ。

くたくたに疲れ果て自室に戻ると、そこではレオスが待っていた。

近頃は普段に輪をかけて忙しいようで、ふたりきりで顔を合わせるのは実に久しぶりだ。

食事の席では訪ねてきた客をもてなさねばならないので、彼と直接話をする暇がほとんどない。その客も久しく途切れることがなかった。

レオスが片頬だけで笑ったのでノアはギクリとした。機嫌があまりよくない証拠だ。

「近頃はずいぶん後宮に入り浸っているようだな。確かにあそこの管理を任せたが、いくらなんでも度がすぎる。貴様には以前も諭した筈だが、余のことばを忘れ果てたか」

「寝る時はここへ戻っているし、晩餐にも顔を出している。何か問題があるか？」

できるだけなんでもない顔でノアは言った。レオスの機嫌がさらに下降する。この男は口答えされるのが大嫌いなくせに、口答えする人間を構いたがるのが厄介なのだ。

「貴様、あの耳飾りはどこへやった？」

突然の質問にノアは面喰らった。この男がそんな些細なことを気にするとは意外だ。

「あれなら今、磨きに出しているところだ。それがどうした？」

ノアがさらりと答えると、レオスは苦虫を噛み潰したような顔をした。

「して、貴様が今つけている耳飾りはその代わりというわけか」

「まあな。何もつけてないとなんか寂しくてさ。ネルファに貸して貰ったんだ」

正確に言うとノアが裸の耳をしきりに気にしていると、見かねたネルファが貸してくれたのだった。レオスの声が低くなる。

「その耳飾りは余があの女に贈ったものだが」

「ん？　そうなんだってな。気に障ったなら後で返しておくよ」

ブツブツとレオスが口の中で呟いているが、何を言っているのかよくわからなかった。辛うじて、何故余に言わぬのだとだけ聞き取れる。

こちらを見つめるレオスの目は血走っていた。隈も目立つし、きっとまたまともに寝ていないのだろう。

諸公からの書状のほかに、何百人もの人間が皇子へ直接訴えようと毎日城門に並ぶのだ。ちいさな諍いを見逃せばやがて大事になる。そう言ってレオスは淡々と膨大な政務をこなしてゆくのだった。

たまに見ているこちらが悲鳴を上げたくなるが、休めと言って素直に休むようなタマではない。よほどのことがない限り彼のやり方に口を挟むつもりはなかった。

「執務にかまけ妃を放っておいた余にも責があろう。今宵は最後の一滴まで絞り尽くしてやるから期待せよ」

「は？　今にも倒れそうな顔しているやつが何をほざいてんだ。大人しく眠れよ」

ノアが言い終わらないうちに、麻紐で手足が拘束される。レオスが魔法を使ったらしい。

「俺は妃であって奴隷じゃない。今すぐこれを解け！」

「貴様のことばは聞かぬ。しばし黙っておれ」

レオスは縛めを解くどころか、ノアの口に猿轡をかませた。いくらなんでもあんまりだ。ノアは怒り、激しく身悶えた。まるでこちらの抵抗を楽しむように、レオスは悠々とノアを組み敷き、猿轡ごと唇を甘噛みする。

彼の気が済んだところで、魔法で素裸にされて慣らしもそこそこに挿入された。いくら気持ちで抗おうとしても、抱かれる悦びを教え込まれた身体はすぐに快楽を拾い上げる。

「く、ふぅ、ふっ」

強引に貫いておきながら、こちらが焦れるほどゆっくりと抜き差しする。感じまいとノアが気を逸らそうとするたび、乳首を嬲られ、陰茎を扱かれた。相手を睨む両目が涙の膜で覆われる。

（奥が、レオスの精を欲しがってる……）

一番奥を叩いてから、レオスは雄身を引き抜いた。喪失感を訴えるように後孔が淫猥にヒクついている。そんなノアの様子をレオスは冷たく見下ろした。

耐えきれなかった涙が一滴、こめかみを伝ってシーツに吸い込まれる。

（嫌だ、嫌なのに、くそ）

勝ち誇った相手の瞳を眺めながら、ノアはぐっと腰を反らし自ら剛直を迎え入れた。先端が蕩け切った後孔にぬぷんと沈む。そこまでしてもレオスは動いてくれなかった。

刺激が欲しくてノアは尻を揺らめかせる。

「んっ、ん、んん」

ノアの痴態を見守っていたかと思うと、レオスはノアの乳首を摘み、空いた手で会陰を優しく押し上げた。悦処を中と外から潰されて、ノアはぎゅうと背を丸める。

「んーっ！」

快感で頭が真っ白になる。猿轡越しに甘い悲鳴を上げながら絶頂を迎えた。ぐったりするノアにレオスが問いかけてくる。

「どうした、達かぬのか？」

ノアは胡乱な眼差しを向けた。たった今達したばかりなのに彼は何を言っているのだろう。だがすぐにその理由に思い至る。

己の股間を覗き込むと、陰茎が濡れて半勃ちになっていた。どういう仕組みなのかわからなかったが、どうやらノアは精液を出さずに極めたらしい。そのためレオスはノアがまだ達ってないと勘違いしているのだ。

「ふん、手伝ってやるとするか」

ノアは猿轡越しに訴えようとした。

（違う、待て！　俺はもう達って……！）

レオスが猛然と腰を突き上げてくる。まだ絶頂の余韻で痺れている身体に、それは酷な仕打ちだった。レオスがひと突きするごとに達しているような状態で、ノアは身も世もなく泣きじゃくった。

「貴様、それほど感じ入っているくせに何故泣く！　余を拒むなど許さんぞ！」

「んんっ、んぅ、んーっ」

絶え間なく達き続けているせいで意識が遠のきそうだった。くっと呻きレオスがのしかかってきた。腰が跳ねる。精を吐き出しておきながら、名残惜しむようにレオスは中をかき回した。

ようやく縛めを解かれて、猿轡も外される。解放されても指一本動かせる気がしなかった。しどけなく足を開き、全身をヒクつかせていると、レオスがねっとり口づけてきた。拒否する気力もなく、喘ぎながら応える。達きすぎて過敏になってしまった身体は、髪を撫でられるだけでおののきが走った。

すっかり大人しくなったノアを我が物顔で抱きながらレオスは言った。

「しばらく後宮に通うことを禁ずるぞ。よいな?」

萎えたままの両手でノアはレオスの胸を突き飛ばす。本当はそのつもりだったが、実際には軽く押しのけた程度だった。

逆らわれると思っていなかったらしく、レオスの目が大きく見開かれる。

「後宮は俺の管轄だ。そう言ったのはあんただろ。——断る」

罵られる覚悟でノアはきっぱりと言い切った。レオスの顔から突然一切の表情が消える。まるで氷のような眼差しでノアを見つめ、彼は言った。

「そうか、なら好きにしろ」

ぞっとするほど冷たい声で冷たい顔だった。それきりレオスはノアから興味を失った様子でさっさと部屋から出て行ってしまう。てっきり怒鳴られるかと思っていたので、拍子抜けだ。

後始末をする気力もなく、寝台に倒れこむ。シーツにはレオスがいた窪みができていて、掴むとまだぬくもりが残っていた。

(なんだよ、畜生……)

あの尊大な男には、今までずっと罵られたり怒鳴られたりしてきた。だが先刻の様子はこれまでと違った。彼は怒っていたし、呆れてもいた。それ以上にまるで、ノアに失望したかのようだった――。

何故か鼻の奥がツンとする。ノアは頭からシーツを被り両目を閉じた。肉体は限界を越えて疲れているのに、その夜は何故かあまり眠れなかった。

翌日重たい頭を抱えて後宮に行くと、女たちがわらわらと周りに集まってきた。最近では珍しい光景だ。タリアが蜂蜜入りの甘いお茶を出してくれる。

「まあ、なんて酷い顔。色男が台無しですわよ」

アーリヤに優しく告げられて、ノアは思わずこぼしていた。

「レオスの奴に、あんまりこっちへ来るなって言われたんだ」

「それで、ノア様はなんて答えたのです?」

「嫌だと言ったら、勝手にしろと突き放された。それから朝廊下ですれ違ったのに、声もかけやがらない。俺はわざわざ挨拶してやったのに!」

女たちが互いに顔を見合わせる。ノアはふくれっ面で蜂蜜茶を啜った。じわりと胃が温まり、ついほっと息が漏れる。

「こちらへいらっしゃらず、お部屋で作業をすればよろしいのに」

アーリヤが至極もっともなことを言うと、周りの女たちがうんうんと頷いた。

「だって、それだとバレるかもしれないだろ。あいつ、ノックもしないで部屋に入ってくるんだぞ」

「悪いことではないのですから、バレてしまってもよろしいのじゃなくて？」

ノアがうっとことばに詰まると、女たちの何人かはニヤニヤと笑った。顔に血が集まってくる。

半ば自棄(やけ)になってノアは叫んだ。

「それだとあいつをびっくりさせられないだろっ。建国祭当日にアレを叩きつけて、俺はあの野郎の鼻を明かしてやりたいんだよ！」

女たちは緩い笑みを浮かべると、口々に解散と呟きながらそれぞれの持ち場へ戻って行った。タリアが飲み干したカップを片付けてくれる。後に残されたのは、ノアとティア・ティシアだけだった。

「なんだよ皆、冷たくないか？」

「そうですね。馬に蹴られたくないのでしょう、きっと」

「馬？　どっから出てきたんだ？」

本気で首を傾げていると、ティア・ティシアが訊ねてきた。

「レオス様が後宮を訪れたらどうするおつもりなんですか？」

「それなら隠し場所を用意してある。作業しているのは一階だし、アーリヤたちがあいつのことを出迎えているあいだにちょちょいと隠せばいい」

「色々考えていらっしゃるんですね」

ティア・ティシアが感心した様子で呟いた。

「これくらい感心される俺って、どんだけ考えなしだと思われてるんだ」

「いえ私は、レオス様のことをよく考えていらっしゃるんだなと……」

「べ、別に、そんなこと……ないぞ?」

反論しようとして段々声がちいさくなる。赤くなった頬を隠すために俯くと、ふふっと相手が笑った気配がした。ティア・ティシアが笑うなんて珍しい。ぱっと顔を上げると、そこにはいつも通り無表情の彼女がいた。ただし口の端がこころなしか綻んでいる。

「研ぎ石はひとつしかないのですか?」

「へ? いや、いくつかあるけど、磨くのは俺が自分でしたいから」

「はい、ノア様はレオス様へ贈る分を磨いてください。私がお手伝いするのはノア様の耳飾りです。どうせなら、おふたり揃って身につけたほうがよろしいのでは?」

相手に抱きつきたいのを必死に堪え、ノアは言った。

「ありがとう、ティア! 愛してるぞ!」

笑ってくれるかと思いきや、ティア・ティシアに冷たい目で一瞥される。

「誰かに聞かれて誤解されるようなことばは慎んでください。いい加減懲りたら如何ですか? レオス様のご苦労が偲(しの)ばれますよ」

ごめんなさい、とノアは素直に謝った。一階の作業場所へ向かう途中、女たちが舞う姿や機織りの様子が目に入る。

「そういえば去年の建国祭は何をやったんだ？　舞は毎年やっているのか？」

ノアのことばにティア・ティシアはかぶりを振った。

「いいえ、個人でレオス様に贈り物をされる方もいましたが、舞も皆で何かをするのも今年が初めてです」

「えっ、そうだったのか」

今年に限ってどうして、とノアが訊ねると、ティア・ティシアは謎めいた笑みを浮かべながら、どうしてでしょうね、と答えた。


カルナ＝クルスの建国祭は花の月の初めにある。

人々の願いが通じたのか、当日は素晴らしい晴天に恵まれた。自室の窓から抜けるような青空を眺め、ノアは深いため息をこぼす。

レオスと最後に褥をともにした夜から、ふたりはほとんど口を利いていなかった。レオスへの贈り物は完成したが、果たして今日彼に渡す機会があるのだろうか。

祭事用の服に着替えたところで、クラカがノアを呼びに来た。

「行くぞノア。レオス皇子は先に聖域へ向かったそうだ。お待たせするなよ」

これからノアは聖域で舞を鑑賞することになっている。後宮の女たちが神に捧げる舞だ。

礼拝堂の奥にある扉を開けると、その先はなだらかな下り道になっている。

しばらく進むと鍾乳洞が現れて、大きな空間に出た。天井に亀裂が入っているようで、蝋燭の炎のほか頭上からも僅かな光が差し込んでいる。

カルナ＝クルスの聖域と呼ばれる場所だ。通常であればカルナ＝クルス家の人間以外は立ち入りを許されないが、建国祭だけは別だった。入り口で身を清めた人々が、聖域へと足を踏み入れる。

椅子を並べただけの急拵えの主賓席には、既にレオスが着席していた。ノアがその隣に座ると彼は一度だけこちらへ視線を寄越した。

(相変わらず感じの悪い野郎だ)

ノアは正面をじっと見据え、レオスのことは気にかけないことにした。

さほど待たずして人々の前に、十人の女たちが現れる。彼女らは幾重にも重なった薄物を身にまとい、頭からヴェールを被り、口布で顔半分を隠している。目だけを露出した格好で、誰が誰なのか見分けがつかない。

「せっかくの舞なのに、あれじゃ誰が踊っているのかわからない」

ついノアがぼやくとレオスが答えた。

「あの姿は神に連れ去られないためのものだ。舞を気に入っても誰かわからぬようにな」

「へえ、そうだったのか」

普通に受け答えをしてから、自分たちが喧嘩をしていたことを思い出す。俺は怒っているんだぞ、と示すためノアはふんと鼻を鳴らした。その時だった。

女たちが動きだす。見世物ではないため舞台はなく、無粋な口上もない。太鼓も音楽もない静寂の中、女たちは軽やかに舞い始めた。

隣にレオスがいる気まずさは、一瞬で吹き飛んだ。

白い手足がしなやかに動く。指先からつま先までぴたりと揃った様子は、まるでひとつの生き物のようだ。咳払いさえ躊躇われるほど、次第に空気が張り詰めてゆく。ノアは固唾を飲んで目の前の光景に見入った。

シャン、と澄んだ音があたり一面に響き渡る。鈴の音だった。

どこからともなく、十一人目の女が現れる。鈴はその女の手足に括られていた。

鈴の女を中心に、残り十人の女たちがぐるりと円を描く。鈴が鳴る音に合わせ、女たちは舞った。

精霊たちはこの様子を見ているだろうか。人とは異なる彼らの目に、彼女たちの姿はいったいどのように映るのだろう。

ノアはゆっくり瞬いた。耳の奥では木霊のように鈴の音が響いている。ノアはあっと声を上げた。

気がつくと女たちの姿は既にそこになかった。まだ鈴が鳴っているのに。そう思ったが、夢から覚めたように人々がざわめきだし、それが空耳であることに気がついた。

ノアは微かに身を震わせる。

「魂を、取られたかと思った……」

ぼんやり見ていたつもりだが、掌にぐっしょり汗をかいている。後宮で練習しているところを何度も見ていたのに——今見たものはまったくの別物だった。

「もともとアレはそういう怖い舞だからな」

隣にいたレオスがぼそりと呟く。舞に夢中ですっかりその存在を忘れていた。

「怖いってなんだよ……？」

怪訝な顔をするノアに向かって、レオスがニヤリと笑ってみせた。

「怖いからこうしていたのではないのか？」

言いながら眼の前に、繋いだ手を掲げてみせる。無意識のうちにレオスの手を握っていたようだ。

狼狽え赤面するノアを見て、レオスがスッと目を細める。

「これから帝都の視察へ行くが、貴様も来るか？」

「勿論、行くに決まってるだろ」

一も二もなくノアが頷くと、レオスは繋いだ手を離さぬまま主賓席から立ち上がった。あたりを見回すと、観客たちはそのほとんどが既に立ち去ったあとだった。

建国祭とはいえここは聖域のため、神官たちが早々に追い払ったのだろう。

外へ出ると、明るすぎて一瞬目の前が暗くなる。待機していた衛兵が、ふたりを出迎えた。慌てて繋いでいた手を離す。

衛兵たちは腕に毛羽立ったマントを抱えていた。

「今着ている服を脱ぎ、これを着ろ」

言われるがまま着替えると、レオスもまた古ぼけたマントを身にまとう。それから彼はマントについていたフードを被り、目立ちすぎる金色の髪を隠した。

「この格好……視察って、まさか歩いて行くつもりなのか？」

驚くノアにレオスは平然と頷いた。控えている衛兵たちは当然ながら渋い顔だ。

「建国祭なんだぞ、どれだけの人出があると思ってるんだ。今の時期は外国の人間だって町にあふれてるってのに」

「剣の腕には自信があるのだろう？　頼りにしておるぞ、ノア」

「頼りにしてるって、供も連れて行かないつもりか」

年嵩の衛兵が慌てて訂正する。

「我々も市井の人々に紛れてお守り致しますのでご心配なさらず」

「心配っていうか……いいのか、本当に？」

どうやらレオスは何が問題なのかあまりわかっていない様子だ。街の中で彼の正体がバレれば暗殺や襲撃の心配は勿論、皇子をひと目見ようとする人々で混乱が生じるかもしれない。

そういった不測の事態に対し、レオスの魔法でどこまで対応できるのだろうか。

（こいつが無駄に自信満々なせいで、本当に大丈夫なのかどうかいまいちわからん……）

レオスはノアが逡巡（しゅんじゅん）している様子に気がついた。

「気が進まぬのなら馬車を出してもよいぞ。その代わり街中を歩くことはできなくなるが」

そのほうが遥かに安全なのはわかる。けれどレオスと建国祭の帝都を練り歩くのは大変面白そうに思えた。

「いや馬車はよそう。歩いて行きたい」

「そうか」

こころなしかレオスが嬉しそうだ。ノアたちは歩いて城門から外へ出て、街中へ繰り出した。

一年のうちでもっとも賑やかな時期だけあって、目抜通りはすれ違うことさえ困難なほど多くのひとでごった返している。忙しなく行き交う人々や祭りのために装飾された軒先を、レオスが興味深そうに眺める。普段ならそんな彼の様子は目立っただろうが、今は外国からの訪問客も多いため、しっかり周囲に溶け込んでいた。

一刻半ほど歩いたところで、レオスがそろそろ休憩しようと提案する。人ごみに辟易していたノアはすかさずそれに乗った。

「あんた、どこか行きたいところはあるか？」

「前に貴様が自慢していたエールの美味い店とやらに連れて行くがよい」

「ああ、いいぜ。それにしてもあんた、よく覚えていたなあ」

「ふん、一度聞いたことを忘れるほうがどうかしている」

レオスが言うとあながち嘘には聞こえなかった。彼と会話するときはせいぜいことばに気をつけよう、と心で誓う。下手なことを言えば後々揚げ足を取られそうだ。

「西の外れだからここからあと半刻は歩かないと駄目だが行けそうか？」

「問題ない」

通りかかったひとに押され、レオスと胸がぶつかった。よろめきそうになる身体を力強い腕が支えてくれる。

しっかり抱き合うような格好になったが、なんとも気まずい。だがレオスのほうはさして気にしていないらしく、「行くぞ」とノアの肩を抱き、ひとの波をかき分け始めた。

通りでは行商人が客を呼び込むために声を張り上げている。自然と周囲の人間の声も大きくなるため、凄まじい喧騒だ。

ふと通りの出店が目に入る。林檎と胡桃が入った焼き菓子はソウラの名物だ。

「なあ、あれ見ろよ」

隣を行くレオスに声をかけるが、周囲の騒音にかき消されてしまう。ノアはレオスの袖をぐっと引き、彼の耳元へ唇を寄せた。

その瞬間、通行人にどんと背中を突き飛ばされ彼の頬に唇が当たる。謝ろうとした瞬間レオスに顎をすくわれ口づけられた。どうやらお返しのつもりらしい。

こんな街中でなんのつもりだ。そう怒鳴ってやりたかったが、勘違いさせた責任はノアにも多少はあるだろう。ぐっと文句を飲み込んでノアはレオスの腕を掴み出店へと向かった。ノアは店主に声をかける。

「親父さん、これで買えるだけ包んでくれ」

「はいよ、銅貨三枚なら中袋一個ぶんだ」

品物を受け取り、ふたたび通りへ戻る。さっそく袋から取り出して焼き菓子をひとつ頬張った。口の中でほろりとビスケットが崩れ、甘酸っぱい林檎のジャムが現れる。

「それはなんだ」

耳元でレオスが声を張り上げる。ノアは笑ってその口に菓子をひとつ放り込んだ。レオスは難しい顔でもごもごと咀嚼していたが、やがてちいさく頷いた。

「ふん、悪くないな！」

「ソウラの名物なんだ！」

うるさいので自然と互いの顔が近づいてゆく。今にも唇が触れようとした時だった。

「おい邪魔だ、いちゃつくなら宿屋でやれ！」

通行人から野次を飛ばされ、ノアは思い切り赤面する。傍らから見れば接吻しているようにしか見えなかっただろうと思い当たったのだ。ふとレオスが呟いた。

「……邪魔だと？」

見れば、フードの下でレオスが剣呑な顔つきで通行人を睨んでいる。

こんなくだらないことで処罰されては町民があまりにも不憫だ。ノアはレオスの手を掴んで気を逸らした。

「ほら、向こうに店が見えてきたぞ」

「何だと。どこにある？」

ほら、とノアは数軒先にある錆びた看板を指差した。かろうじて『バケツ亭』と読み取れる。ノアが目指していた店だ。

店に入ると、通りと同じくらい多くの客で混み合っている。空いている席はないかと店内を見回すと、カウンターにいる客がちょうど勘定を終えたところだった。

レオスの腕を掴みカウンター席に滑り込む。活気がありすぎる庶民の様子に彼は圧倒されているらしかった。

「おい貴様、この店は……」

レオスのことばを遮って、木製の大ジョッキが目の前に現れる。テーブルに叩きつけるように置かれたせいで、こぼれた中身が彼のマントと床に跳ねた。ことばもない様子でレオスがこちらに向き直る。

ノアは澄ました顔で嘯いた。

「いい店だろ?」

「……妙に床が濡れていると思ったが……そういうことか」

カルナ＝クルスの皇子にとって庶民の通う店は刺激が強いようだ。床が濡れているのはエール以外の液体もこぼれているせいなのだが、黙っておくことにした。

ノアは自分の目の前に置かれたジョッキを掴み、ぐびりとあおった。それをレオスのほうへ押しやって、代わりにレオスのジョッキを自分のほうへ引き寄せる。

「毒見してやったぞ。飲んでみろよ」

レオスはエールで満たされた粗末な木のジョッキを一瞥した。銀のゴブレットでも磨かれたガラスのグラスでもない。口をつけることに抵抗があるのは当然だった。

「まあ、無理だったら俺が代わりに……」

ノアが言いかけたところで、レオスはジョッキに手を伸ばした。彼は迷うことなく口をつけ、信じ難いと言いたげな表情を浮かべた。さらにひと口エールを飲む。ノアは己のジョッキを半分近く空け、思わず笑い声を上げた。

「ここはエール以外もいけるぞ。特に肉の煮込みは最高だ」

喉を鳴らしてエールを飲んでから、レオスはふんと鼻を鳴らした。

「ではそれを頼むがいい。下々がどのようなものを食しているのか、見定めるものもよかろう」

「いくらボロいマントを着ても、そんな物言いしてたらあんまり意味がないと思うぞ。まあうるさいから誰も聞いちゃいないだろうが」

カウンターの中にいる店主は途切れなくやってくる客の相手で忙しい。隣に座ったおのぼりさん風の男が何度も声を張り上げていた。ノアは男の肩を叩いて言った。

「こういう店はな、注文の仕方があるんだ。見てろよ」

レオスまで注視する中、ノアは空になった大ジョッキでガンとカウンターを殴りつけた。

気づいた店主がこちらを振り向く。足早にやってくるなり舌打ちし、ノアたちのジョッキをひったくった。ほらな、と隣の男にウインクしてやると何故かその男は真っ赤になる。

ふと気配がしたので振り向くと、レオスが険しい顔でこちらを睨んでいた。

「なんであんたは俺のことを睨んでるんだ?」

ノアの疑問に相手の目つきはますます凶悪になる。

「余の眼前で他の男に色目を使うとは何事か！」

「えぇ……」

これは面倒なことになりそうだ。そう思っていると、店主が新しいエールを運んでくる。無愛想を通り越し、もはや仇のような店主だが、ノアにとっては救いのタイミングだ。

「おやっさん、肉の煮込みと腸詰はあるかい？」

「腸詰は売り切れだ」

「じゃあ煮込みだけでいいや」

頷きもせず店主がこちらに背を向ける。レオスのほうへ目をやると、彼は肩越しに背後の様子を窺っていた。酔っ払いふたりが互いの胸ぐらを掴み怒鳴り合っている。

「あれは、放っておいてよいのか」

「どっちも帯剣してないから平気だろ」

言いながらノアはクンと鼻を蠢かせた。食欲を刺激するいい匂いがする。注文した子羊のトマト煮込みが届いたようだ。ひとつの皿をふたりで分け合う。

エールに続きレオスはこの煮込みも気に入ったらしい。まだ腹に余裕があったので煮豆と蒸し芋、追加でノアがジョッキ二杯、レオスが一杯のエールを注文した。

腹も満たされ、ほろ酔い加減になったところで店主に勘定を頼んだ。

「この店は汚いうえ、喧しすぎて落ち着かん。だが確かにエールも料理も美味であった」

「あんたに気に入って貰えてなによりだよ」

「気に入ったとは言っておらんぞ」

ノアが店主に支払いをしようとするのを、レオスが止める。どうした、と視線で問いかけると、レオスは懐から金貨を一枚取り出した。

「釣りは不要だ」

「お、おいっ。あんたこいつは……!」

絶句する店主を尻目に、ノアはレオスの腕を掴み出口へ急いだ。扉をくぐり抜けたところで、店内が狂騒に見舞われる。

すれ違うように団体客がやって来て、ノアたちを追いかけようとする男たちと軽く小競り合いになった。これ幸いにと人ごみに紛れる。

「こんなところで金貨を出す奴があるか! 行くぞ」

「む」

警護に当たっている衛兵を探したが、人が多すぎて見つけられない。彼らもこちらの所在を把握しているかあやしいものだった。

(まあ、こんなことになるだろうと思っていたけどな)

ノアは朧げな記憶を頼りに裏通りへ入った。喧騒が薄れ、途端にひとが疎らになる。

ノアはレオスを連れて寂れた宿屋に入った。主人に頼んで銀貨二枚で荷馬車を借りる。

「もう一枚銀貨をくれたら儂が御者になってやるが、どうするかい?」

「そいつはありがたいな。ぜひお願いしよう」

裏道を通って城へ向かうよう告げる。建国祭のせいか、主人は疑問に思わなかったようだ。

城に向かって荷馬車を走らせる。警護の兵たちを置いてきてしまったが、彼らには自力で戻って貰うしかない。幌の隙間から風が吹き込み、レオスのフードを跳ね上げた。

王族用の馬車とは違い、地獄のように荷台が揺れる。一応自分の責任であることは自覚しているのか、レオスは文句を言わなかった。もしくは単に珍しがっているのかもしれない。

「今年は後宮の姫君たちが裸踊りなんかやっているんだろう？　いやあ、一生にいっぺんでいいから見てみたいもんだ。今時分、宿屋は稼ぎ時だからお城にはとんと縁がなくてね」

宿屋の主人のことばを、レオスが訂正する。

「彼奴らは裸にはならんぞ。神に捧げる神聖な舞だからな」

「ははは。彼奴らだなんて、おまえさんまるで皇子みたいな口の利き方だなあ」

「皇子みたいなのではない。余は皇子である」

冗談だと思ったらしく宿屋の主人が声を上げて笑う。やがて城門にたどり着き、ノアたちが降りると衛兵たちが駆けつけてきた。ノアは宿屋の主人に礼を言った。

「ありがとう、ご主人。おかげで助かったよ」

「あ、あんたらいったい……」

御者席でおろおろする宿屋の主人へ、馬車から降りたレオスが金色の双眸を向ける。

「ひゃあぁ」と叫び声を上げると、彼は御者席から転がり出て額を地面に擦りつけた。

「お、お、お許しください！　儂はなんと無礼な口を皇子様に……」

「許す。道中大義であったな」

それだけ告げると、レオスはノアを連れ城門へと向かった。衛兵のひとりに街へ置いてきた仲間を呼び戻すように告げる。

城へ戻るなり、ティア・ティシアとクラカから実に冷たい視線を浴びた。身を縮めるノアの横でレオスが「なかなか有意義な視察であった」とひとりだけ上機嫌である。

「後宮より届け物がございます。お部屋にお持ちしてよろしいでしょうか？」

「ああ」

軽い晩餐をすませたあと、レオスに連れられ彼の部屋へと向かう。いつもレオスがノアの寝所を訪れるため、あまり足を踏み入れない場所だ。

ノアの部屋の倍は広いが、あまり使っていないらしく、執務室のほうがよほど生活感がある。

整えられた寝台の上に、見事な絹織物が敷かれていた。白地に描かれた青い蝶が美しい羽根を広げ、今まさに飛び立とうとしているようだった。

「見事だな」

レオスがそっと織物を撫でる。女たちの苦労が報われたようでノアまで嬉しくなった。

「ああ、本当に綺麗だ。それにしても白はともかく、青ってあんたの印象じゃないよな」

「青というよりこれは藍だな。貴様の瞳の色が近いか」

へ、と思わず間抜けな声が漏れる。レオスは窓辺に置いてあった花瓶から、薔薇を一輪抜き取った。薔薇は母の好きな花だから見慣れていたが、ノアは目を丸くした。

「驚いた、黒い薔薇なんてあるのか。初めて見た……凄いな」

驚き感心するノアに、レオスは得意げに言った。

「然り、この黒薔薇は遥か西方の土でしか育たぬ。苗だけ持ってきても駄目なのだ」

「それはつまり……？」

「船で西方の土ごと運ばせた。ただし来年もこの花が咲くかは賭けであるが……」

レオスはなんでもない顔で言ったが、どれほどの手間と金がかかっているか。たかだが薔薇のために贅沢なことだ。内心呆れていると、レオスはその黒薔薇をノアの髪に挿した。

「美味いエールの礼に、貴様にこれをくれてやる」

東の庭だ、とレオスが続けたので、どうやら植えた薔薇をそっくりそのまま譲ってくれるようだ。

ノアの顎を指で掴み、ためつすがめつ眺めて言った。

「思った通り、貴様の髪によく馴染む」

まるで、ノアのためにわざわざ薔薇を運んできたような口ぶりだ。西方の国からここまで船で旅するとしてもひと月近くかかる。時間も人手もふんだんに使った筈だった。

自惚れ（うぬぼ）れはすまい、とノアは己に言い聞かせる。別にレオスが現地へ飛んで運んできたわけではないのだ。けれど単なる思いつきでは叶わないことも事実だった。

ノアはレオスのことを見つめ返した。ゆっくり唇が近づいてくる。そのまま流されそうになる直前、ノアはハッと思い出した。

「お、俺も、あんたに渡すものがある……」

ノアは懐から銀で細工（さいく）された小箱を取り出した。やるよ、とぶっきらぼうにレオスに告げる。

相手は無言で箱を受け取ると、さっそくその蓋を開いた。

「これは――」

レオスの指が繊細な金の鎖を引きずり出す。その先には真珠色の雫が揺れていた。レオスが雫型の石を目の前に翳すと、石は月光を反射して虹色に輝く。

「オリカルクムか。そうだ貴様、あの耳飾りはどうした？」

石の出どころを察してか、レオスがノアに詰め寄ってきた。あの耳飾りをつけたノアのことをよほど気に入っているらしい。

「ちゃんとあるぞ」

ノアはこちらも隠し持っていた、耳飾りを耳につけた。一回りほどちいさくなった雫がノアの耳元で揺れる。元が大きな飾りだったため、今でも十分な存在感だ。

「なるほど、貴様と揃いだな。……ふん、これのためにこそこそしていたというわけか」

「気に入らなかったらどっかにしまっておけ。でもいいか、絶対に捨てるなよ！」

精一杯の憎まれ口を叩いたものの、顔が赤いせいで我ながら迫力がない。

レオスはノアのことを抱き竦めると、耳元で熱く囁いた。

「大事にする。……ずっとだ」

互いの視線がからみ合い、今度こそ唇が重なる。戯れのように何度か啄ばみ合ったあと、口づけは深くなる。どちらともなく寝台へ倒れこみ、裸になって抱き合った。

その夜のレオスは始終優しかった。初めての夜よりも大事に抱かれ、ノアはゆっくり上り詰めてゆく。

「ノア、ノア……ッ」

レオスに名を呼ばれる。繋がっているところからグズグズに蕩けてしまいそうだ。互いに一度達したのに熱が引かず、ふたりは朝まで何度も情を交わし合った。

8

建国祭が終わるとカルナ＝クルスでは一気に冬支度に取り掛かる。食料の備蓄が始まり、畑には蕪が植えられた。

ソウラは夏が短い代わりに真冬でもさほど寒くならない。内陸に位置するこの地の冬は、ノアにとって厳しいものになりそうだった。

水辺から飛び立つ雁の群れを、ノアは馬上から眺めていた。白く長い指が弓の弦を引きしぼる。放った矢が群れの一羽を見事に射止めた。落下する雁を見てレオスは叫んだ。

「行け！」

猟犬の鋭い吠え声にノアはようやく我に返る。馬の首を優しく撫でていると、同じく馬に乗ったレオスがこちらへ戻ってきた。

「どうした、狩りはつまらぬか？」

ノアは緩くかぶりを振った。本来であれば、狩りも乗馬も大好きだ。だがどうやら風邪を引いたらしく、頭はぼうっとするし身体も怠い。

「惚れ惚れするような弓の腕だと思っていた」

「ふん、当然よ」

馬首が並んだ拍子に、唇を掠めとられる。付き人たちは慣れ切った様子で、瞬きさえしなかった。

ノアは赤くなった顔を誤魔化すため、肩越しに背後を振り向いた。

カルナ＝クルス城の主塔が目に入る。ノアたちがいるのは城の敷地内にある森で、精霊の庭と呼ばれる場所だった。樫の木が生い茂り、樹齢千年を超える巨大な木には本当に精霊が宿っていそうである。

さきほどレオスが仕留めた雁のほか、猪や野うさぎ、穴熊や狐がいるときいた。次は自分も何か狩ってやろう。ノアがそう思っていると、レオスがふと目つきを鋭くした。

「――なんだ?」

何か不吉なものでも感じたのだろうか。ノアがレオスに訊ねようとしたところ、猟犬の吠える声が耳に届いた。その尋常ではない吠え方に、ふたりは顔を見合わせる。

レオスが馬を早駆けさせる。そのあとを、ノアはぴったりと付き従った。ほどなくして猟犬と、その先に転がる赤い襤褸切れが見えてくる。

(血の匂い……!)

近づくほどに血の匂いは強くなる。いよいよノアは確信した。

赤い襤褸切れだと思ったのは血を流した人間だった。ズタボロになったサーコートの残骸にはカルナ＝クルスの柊の紋章が縫い付けてある。

ノアは馬の鞍から飛び降りて、血に汚れるのも構わず傷ついた兵士を抱き起こした。兵士はすぐそこにレオスがいるのに顔色を変えない。どうやら目が見えていないようだ。

「た、のむ。これ、を、帝都に」

兵士は身につけていたサーコートから釦をひとつ引きちぎる。力を込めると渡された釦はふたつに割れ、中から掌大の紙片が出てきた。

（数字の羅列……軍の暗号か？　ここでは解読できないな）

ノアは兵士の頭を抱きしめた。

「確かに承（うけたまわ）った。貴殿は見事に大義を果たしたぞ。今は休め」

「あ、あ」

短く呻き、そのまま兵士は気絶した。傷はどれも深そうだが、膿（う）んではいない。きちんと手当をすればきっと回復するだろう。

「俺はこいつをティルダのところへ連れていく。あんたはこれを！」

ノアは上着から絹の手巾を取り出すと、割れた釦ごと紙片をくるんだ。レオスはそれを受け取ると、迷うことなく城へ戻った。これから元老院を集めるのだろう。

傷ついた兵士を横抱きにして、ノアは病院を目指す。さっきまで晴れていた空に、いつのまにか黒い雨雲がたち込めていた。


兵士が持って帰った紙片には、カルナ＝クルスの属国に反乱の兆しありと記されていた。数日遅れて元老院の放っていた間諜（かんちょう）も、ほぼ同様の情報を持ち帰った。

さほど大きな国ではないのだが、その国を起点に隣接するふたつの国を支配しているため独立されると厄介だった。

さらに間諜が調べたところによると、今回の騒動はアイロスが暗躍（あんやく）している可能性があるという。ただしはっきりとした証拠はなく、この件を理由にアイロスとの同盟を白紙に戻すことは難しかった。議員たちは口を噤んでいたが、レオス皇子とミーナ姫の婚約破棄（はき）が両国の関係に亀裂を入れたことは明らかだ。

「アイロスが絡んでいるとなればきなくさい。万が一があってはならぬ、余が行こう」

レオスの出陣に対し元老院では反対するものも多かったが、レオスの義兄であるキュロス副議長が賛成した。そこから一気に風向きが変わり、レオス出陣はほぼ決定となった。

その夜、レオスが寝室にやってくるのを、ノアは待ちかねていた。レオスが扉を開けた瞬間ノアは詰め寄った。

「おい、戦に行くなら俺も連れて行ってくれ」

「ならん」

レオスはにべもなく断ると、ノアをベッドに押し倒した。身を捩って逃れようとしたが、レオスはそれを許さない。思わず流されそうになってノアは叫んだ。

「真剣な話をしてるのに、やめろ！」

「話は終いだ、ノア。余は貴様を連れて行くつもりは微塵（みじん）もない」

「どうしてだよ！」

レオスは一度身を退くと、手首を掴んでノアを起こした。食ってかかろうとするノアの眼前に、レオスが剣を差し出してくる。

「レオス……」

受け取る指が微かに震える。渡されたのは、あの聖剣レヴィルだった。

「これに余の力を半分込めて行く。留守のあいだ、この国を頼む」

額に口づけられる。剣を掴む指にも、レオスは唇を押し当てた。寝所以外でレオスがこの剣を手放しているのを見たことがない。それをノアに預けるという。

「ずるいぞ、あんた。……そんなふうに言われたら、断れないだろうが」

悔しさに歯噛みしながら訴えると、レオスは苦笑した。

「断って貰っては困るからな」

続きをしてもいいか？　と優しく訊ねられ、ノアはちいさく頷いた。いつもより性急にほぐされたあと、レオスがノアの中へ入ってくる。彼が動き出すと、何故か涙があふれてきた。

「余は貴様の涙に弱い。あまり泣くな」

目尻の涙を吸いながら、レオスが呟く。この男に無様にしがみつくような真似はしない。そう思うのに、レオスを受け入れた最奥が離すまいと締めつける。ノアは胸を喘がせた。

「そんなの初耳だ。俺が泣いたら、もっと責めるくせに」

背がしなるほど抱きしめられ、ノアもまた相手の背中に腕を伸ばす。レオスが囁いた。

「カルナ＝クルスの軍隊は無敵だ。すぐに戻る」

もしもノアに精霊の加護があったなら、戦場に連れて行って貰えたのだろうか。騎士として鍛えた腕は不要なのだと言われたも同然だ。口惜しいが、それ以上に自分の至らなさがつらい。

「早く帰ってこないと、俺が帝国を乗っ取るからな」

「それだけは断固阻止するぞ」

優しかった抜き差しが激しくなる。相手の呼吸に合わせるため、ノアも己の快感に没頭した。

「あ、イッ……」

レオスが奥に放つのとほとんど同時にノアも達する。自身を引き抜こうとするレオスを押しとどめ、ノアは彼に口づけを強請った。舌をからめながら、まだ芯の残っているレオスのことを締めつける。

「は、ノア……っ」

尻を振って促すと、レオスはふたたび動き始めた。キリがないな、と笑う。

レオスの言ったとおり、カルナ＝クルス帝国軍は世界最強の軍隊だ。それに今回はレオスが指揮を取る。実際に戦を見たことはなかったが、彼が稀代（きたい）の戦略家であることは伝え知っていた。負ける要素などどこにもない。だったら何故、嫌な予感がするのだろう。

（俺の勘違いだったらいい）

隙間のないほどぴったりと抱き合い、ふたりはその夜を過ごした。

レオスが反乱軍の討伐に向かって十日が過ぎた。三日前、帝国軍と反乱軍は既に交戦に入ったとの報せを受けた。

カルナ＝クルス軍が圧倒的に優位であるそうだが、反乱軍も思った以上に粘っているらしい。今のところ戦況は膠着状態を保っていた。

聖剣レヴィルに魔力が込められているため、レオスが不在であっても夜の帝都には明かりが灯っている。国民たちは帝王の力だと思っているだろう。実際は違うと知っているのは、ノアを含めた限られた人物だけだった。

（結局、あいつに言えなかった。……違う、言わなかったんだ、俺は）

後宮の庭で噴水を眺めながら、ノアは己の下腹をそっと撫でる。

レオスの出征が決まったあと、ノアは帝都の外れにある病院へ負傷した兵士の容体を訊ねに行った。

そこでひとつ問題が起きた。病棟へ向かう途中、血の匂いのせいかノアは思わず嘔吐いてしまったのである。そういえば近頃ずっと身体が熱っぽかった。

ちょうど廊下を通りかかったティルダを捉まえる。相変わらずビクビクしながら、彼はノアを診察台に乗せた。

「これってただの風邪だよな？　変な病気じゃないか確かめたいだけなんだが」

ティルダがノアの外套を捲る。ズボンをずり下げられ、焦っていると例の徴を指で撫でられた。

不意打ちにびくんと身体が跳ねてしまう。

身を起こし、不躾を怒鳴ろうとしたが、相手のことばのほうが早かった。

「具合が悪いのはいつからですか？」

「ええと……確か新月の夜からだ」

「熱っぽい他に、何か異変はありませんか？　食欲が衰えたりなど」

「ああ、そういえば肉の脂を受けつけないんだ。胃が弱ってるのかもしれないな」

「たぶんそれはつわりでしょう」

ティルダはもう視線を彷徨わせたりしなかった。しっかりとノアを見据え告げる。

「おめでとうございます、ノア皇太子妃。ご懐妊です」

「あ……？」

「胎児にいい食事を、あとで料理長に伝えましょう。妊娠中に禁忌の食べ物もありますから、拾い食いはやめてくださいね」

「誰が拾い食いなんかするか！　って、待て待てそっちじゃなくて……にん、しん？」

「はい、赤ちゃんがいるんですよ。あなたのお腹に」

頭を殴られたような衝撃に、ノアはことばを失った。

赤ん坊を身籠った。――レオスとの子だ。

この身にもうひとつ命が宿っていると言われても、まるで実感が湧かなかった。恐怖とも不安ともつかぬもので胸がいっぱいになる。

とにかくレオスにに打ち明けなければ。そう思ってから、ノアは凍りついた。

(今言わなければならないのか。これから戦場へ向かうって時に……!)

あの日、寝室に現れたレオスは覚悟を決めた顔をしていた。ノアは軍人だ。それがどんな種類の覚悟なのか、嫌というほど知っている。

(今、あいつに伝えてどうする? やつのお荷物になるだけじゃないか)

近い未来、レオスは皇帝となる。彼の肩には何千、何万、何十万もの人々の命がかかっているのだ。

「頼みがある、どうかレオスには言わないでくれ」

「いいですよ」

ノアが決死の覚悟で頼むと、ティルダはあっさり頷いた。カルナ=クルス皇子を謀ろうというのにいくらなんでも軽すぎやしないか。

「おい、騙すのはなしだぞ。本当に言うなよ」

「私は医師ですから。患者(あなた)が言うなと望むのならば、拷問されたって言いませんよ」

さすが筆頭医師は伊達ではないらしい。ノアは思わず呟いた。

「あんた、おどおどしなかったら随分男前だな」

「ひ、ひぃ。恐れ入ります」

「そういうところが駄目だって言ってるんだ」

約束通りティルダが皇子にノアの妊娠を告げることはなかった。レオスは何も知らず戦場へ向かったのだ。

　きっとこれが最善だった。そう思うのに今もなお胸のつかえが取れずにいる。

　噴水が途切れ、揺れていた水面が平らになった。ノアが銅貨を投げ入れようとしたら、ふいに耳のあたりで声が聞こえた。

「彼奴なら田舎の反乱軍など一瞬で制圧するかと思ったが、なにやら手こずっておるようだの。さすがにレオスも、力が半減しているのは痛手と見える」

　ノアは声のした方角を睨みつける。すると「そっちじゃないぞい」という呑気な声がして苛立ちがさらに増した。

「だからいい加減姿を見せろっての！　あんたが見えないせいで俺はここに置いてきぼりだ！」

「国を守るのも大事なお役目だと思うがのお」

「俺は騎士だぞ！　戦こそが命なのに……」

　ノアは己の髪を握りしめた。手間も惜しまず長く伸ばした髪は騎士の証だ。それなのに、肝心な戦に留守番とは涙も出ない。

「ノア様、そちらにいらっしゃるのですか？」

　ティア・ティシアが中庭にやってくる。噴水の前まで来た彼女はちいさく身を震わせた。

「こんなところにいてはお身体が冷えます。どうか中へお入りください」

「……そうだな」

　素直に頷くとからかうようにノムドが言った。

「そうじゃそうじゃ。せっかく授かったややこに何かあっては大事じゃぞい」

「あんた、なんで知って……」

ティア・ティシアがこちらを振り返る。レオスで慣れているのか彼女はひとりで叫ぶノアに精霊ですか？　と冷静に訊いてきた。そうだ、と頷きノアも彼女に訊ね返す。

「なあ、間諜から報告は届いていないか？　伝書鳩はどうだ？」

「まだです、どちらも」

ソウラにいた頃は、戦と聞けばすぐに駆けつけていたせいで、今城にいる自分が死ぬほどもどかしい。ひとり悶々としていると、ふいに女たちが騒ぎ出した。

「見て、雪よ！　道理で冷えると思った」

ティア・ティシアと並んでノアは庭に舞う粉雪を眺めた。階上ではやれお茶だ、雪見酒だと騒いでいる。賑やかな声を聞いているうちに、ふっと肩から力が抜けた。

「そういや結局あいつとの賭けには勝てなかったな」

「賭け、ですか？」

ティア・ティシアが誰、と訊かないのは相手がレオスだとわかっているのだろう。ノアは苦笑した。

「後宮（ここ）を俺が支配できたら、西部の税を安くしてくれって賭けをしたんだ。夏前の嵐で作物が駄目になったって聞いたからさ」

「そんな賭けを……」

「知りもしないくせに政(まつりごと)に口を出すなって言われたから、腹いせにな」

納税の時期はもう目の前だが、レオスが不在なのだからこの賭けは無効になるだろう。そもそもノアは後宮を統べることができていない。

ティア・ティシアはしばらく庭を眺めていたが、口を開いた。

「嵐の被害で作物が壊滅したあと、レオス様はそら豆と二十日大根(ラディッシュ)の種をただ同然の値段で西部の人々に提供しました。どちらの作物も種を蒔(ま)いてからひと月ほどで収穫できますので」

「あいつ、俺にはひと言も……」

呆然と呟くノアを見て、ティア・ティシアは苦笑した。

「レオス様は露悪的なところがおありになります。以前、あの御方の御母堂について話したのを覚えていらっしゃいますか?」

「ああ、確か大神官だったんだよな」

ノアが頷くとティア・ティシアは意を決した様子で口を開いた。

「はい、実はノア様にまだお伝えしていないことがあったのです。レオス様の御母堂は、自ら命を断たれました。レオス様も御存じのことです」

「それは――」

レオスの母が亡くなった際、彼は確か五歳だった筈だ。たとえ乳母に育てられていたとしても、母の存在は特別である。きっと衝撃を受けただろう。

「レオス様がお生まれになったことで、キュロス殿下は帝位継承権を剥奪(はくだつ)されました。ですから当時は大変荒れていらして、レオス様を『母が死んだのはおまえのせいだ』と責められたのです」

　幼い弟になんという暴言を吐くのだろうか。ノアは憤ったが、キュロスの無念もよくわかった。帝王になるために育てられながら、弟にその座を奪われたのだ。だがやはり幼いレオスに対する発言は許せるものではなかった。

「帝王はひとにあらず、とレオス様はおっしゃったことがあります。たとえ人々に御身が憎まれようとも帝国のためになすべきことをなす。レオス様はそういう方なのです」

　横暴で尊大なレオス皇子の手から帝国を奪ってやろうと思っていたが、王として自分は彼の足元にも及んでいなかったらしい。王家に生まれ、王になるための教育を受けてきたと思っていたが、民の上に立つ準備など自分にはできていなかった。今それを思い知る。

（帝王はひとにあらず、か）

　レオスは金色の瞳を持って生まれてきた。ひとから帝王になるのではなく、生まれ落ちた瞬間から彼は帝王だった。それがどれだけの孤独なのか、ノアにはわからない。

　愛してくれる母がいて、クラカがいて、騎士団の仲間たちがいた。先代の王もノアには優しかった。

（あんたはどうなんだよ、レオス）

　吐いた息で窓ガラスが白く曇る。庭にちらつく雪を眺めていると、ふいに階上が騒がしくなった。どうしたのかと様子を窺っていると、タリアが階段を駆け下りて来た。

「お妃様、ティア・ティシア様、火急の報せが今……」

ノアたちは慌てて二階へと急ぐ。レオスの戦況が届いたのだろうか。吉報であって欲しいと願いながらノアは報せを受け取った。

「大変です、蛮族(ばんぞく)がエゾンに侵攻しました」

女たちから驚きの声が上がる。ノアは婚礼の際に仕込まれたカルナ＝クルス周辺の知識を引っ張り出した。エゾンとは帝国の北部にある同盟国で海に面していた筈だ。

「蛮族は海から攻めてきたのか？」

そうです、と伝令の兵が頷いた。

蛮族については、あまり詳しいことは知られていない。エゾンよりさらに北方の諸島に暮らす人々のことで性質は野蛮で残酷――その起源は海賊だと伝えられていた。

「その蛮族ってのは確か前にもエゾンに侵攻して、帝国軍が撃退してるんだよな」

「そうです、百年ほど前に一度」

ティア・ティシアが答えると女たちは多少安心したようだ。百年前とはいえ過去に撃退しているのであれば、そう恐れる必要はないと思ったのだろう。

「まもなく元老院が開かれます。ノア皇太子妃様にはレオス様の代理として出席して頂きたいとのことでした」

「わかった、すぐに行く」

女たちをティア・ティシアに任せ、ノアは元老院が開かれる青の間へと急いだ。部屋に入ると議員たちは全員揃っており、すぐに会議が始まった。

「よりにもよって、レオス様不在の今襲いかかってくるとは……よもやこの件もアイロスが裏で糸を引いているのではあるまいな」

「まさか！　アイロスと蛮族が繋がっている話など間諜からも聞いたことがない。だが嫌な偶然であることは確かだ」

「とにかく援軍を出さねばならぬ。北のエゾンが落とされれば次に狙われるのは帝都だ」

元老院に参加したのはいいが、あくまでノアはレオスの代理であり、ここでの発言権はないという。

（だったら呼ぶなよ）

頬杖をつきながら、ノアは老人たちが大騒ぎするのを眺めた。何故、彼らは慌てているのだろう。敵が攻めてくるというのなら、受けて立てばいいだけではないか。

キュロスは慌てる議員たちを睥睨（へいげい）した。

「レオスなくとも我が帝国軍は盤石（ばんじゃく）である。それを世界に示す時だ。私が軍を率いよう」

「あんた、戦の経験あるのか？」

ノアが思わず突っ込むと、ぎろりと睨まれる。発言権のない人間は黙っていろということなのだろう。

結局、キュロスが軍を率いてエゾンへと向かうことに決定した。実際のところ軍を動かすのは留守を預かる副将軍だろうから心配には及ばないだろう。

ノアが青の間を出ようとしたところ、背後からキュロスに呼び止められた。

「貴殿が我が弟から預かっている聖剣レヴィルを借り受けたい。兵士の士気を高めるためだ」

「悪いがそいつは無理だな。この剣はレオスから〝俺に〟託されたものだ」

ノアの答えを聞き、キュロスは顔を歪ませた。この男にはもとからよく思われていないことは知っている。ノアはちいさく息を吐いた。

「剣は貸せないが、あんたの供をすることはできる。俺を戦に連れて行ってくれ。足手まといにはならないつもりだ」

「貴殿は我が帝国の妃だ。前線に駆り出すことはできぬ——と言いたいところだが、レオスが遠征している今、兵力はいくらあっても足りない。貴殿の申し出、認めよう」

「決まりだな」

明朝、帝都と城の警備に一万ばかり兵を残し、キュロス率いる帝国軍は北部へと向かった。蛮族と同盟国エゾンが交戦している第一砦（とりで）まで、馬で五日ほどかかるという。

行軍の最中ノアの身の回りの世話をするために、ティア・ティシアが同行することになった。従騎士を側に置いて、万が一間違いがあってはならないという理由だった。

（まあ、たぶん剣を貸さなかったことへの嫌がらせだよな。俺を女扱いしやがって）

女は自分ひとりだけという状況でもティア・ティシアは普段とまるで変わらない。どちらかといえばノアのほうが神経を尖らせていた。

城を出てから三日目。陽が落ち、兵士たちが束の間の休息に浸る。干し肉と固く焼いたパンの粗末な食事を取りながら、彼らは不満をぶちまけた。

「上のおひとは女連れか。まったくいいご身分だよ」

「俺たちはお守りをするために軍に入ったわけじゃないんだがな」

　こちらに聞こえるのもおかまいなし、というよりは積極的に聞かせたいのかもしれない。ティア・ティシアが沸かしてくれた湯を啜りながら、ノアは眉間を揉みほぐした。

(女連れで戦場に出るなんて、あいつらが不満に思っても仕方がないか)

　ノアが懸念するのは全体的に兵士の士気が低いことだった。

(レオスは不在で上官は自分が手柄を上げることしか考えていない。何故か男の妃が女連れでくっついてきた。士気を上げろというほうが無理か)

　ティア・ティシアが焚火で干し肉を軽く炙り、美味そうに齧りついた。それにしてもノアでさえきついこの行軍に、女の足でよくぞついて来られたものだ。

(俺のほうがへばってるかも。城にこもりきりですっかり鈍っちまったな)

　ノアがぼうっと焚火を眺めていると、ティア・ティシアが炙った干し肉を勧めてくれる。

「力が出ますよ。すこしだけでも召し上がりませんか」

「そうだな、ちょっとだけ貰おうか」

　悪阻のせいで肉の脂を受け付けないのだが、干し肉ならば平気かもしれない。そう思ったが、口に入れた瞬間吐き気が込み上げてきた。

　慌てて木立の中へ駆け込む。背後でティア・ティシアが叫んでいたが返事をする余裕はなかった。

　手近な大木にもたれ息を整える。ようやく気分が落ち着いたところでノアは気づいた。

(――ん?)

暗がりの中、目を凝らす。森の奥で光が揺れるのを見た。野営地に駆け戻りノアは叫ぶ。

「哨戒(しょうかい)! 敵襲かもしれない、各自備えろ」

ティア・ティシアがすぐに焚火を消した。周囲の兵士たちも慌てて彼女に倣う。ティア・ティシアに副将軍への伝令を頼み、自分はキュロスのもとへ急いだ。

黄金の布地に赤い柊が描かれた旗が、天幕の上ではためいている。指揮官であるキュロスの天幕だ。

声をかけながら中を覗くと、彼は穴熊のシチューとブラックベリーのワインで優雅に食事をしていた。キュロスがノアを見るなり鼻に皺を寄せる。

「何事だ、騒がしい」

「敵襲かもしれない。迎え撃つぞ」

ノアのことばを聞き、キュロスは嗤った。

「敵襲だと? 第一砦からここまでどれほどの距離があると思っている? 蛮族ごときに、あの堅牢な砦は落とせん。同盟国の軍がこちらへ合流しようとしているのではないか」

「いくらなんでも呑気すぎやしないか。もしも砦を突破されてたらどうするんだよ」

「万が一にも有りえんな。だが、もしそんなことがあれば、我が帝国軍が蛮族を叩くのみ。さあ食事の邪魔だ、立ち去るがいい」

キュロスが上等なナフキンで丁寧に口元を拭う。呆れるノアの耳に、外から「敵襲だ!」と叫ぶ声が聞こえた。

「聞いたか、行くぞ！」

キュロスを置いてノアは天幕の外へ出た。火矢を放たれたらしく、そこかしこで炎が上がっている。突然の奇襲だったが、幸いにも兵士たちに大きな混乱はなさそうだ。

（よし、ここから反撃に……）

背後で男の悲鳴がする。見れば騒いでいるのはキュロスだった。ノアが落ち着かせようとする前に、彼は己の小姓たちに命じた。

「撤退！　全軍撤退だ！」

ノアは驚き伝令を止めようとした。撤退するにもタイミングがある。しかしキュロスの声を聞いた兵士たちは、すぐに行動に移ってしまった。敵襲を迎え撃っている副将軍たちを置き去りにする形で、撤退が始まる。

「くそ、めちゃくちゃだ……」

指揮官であるキュロスが率先して逃げ出したため、陣形もなにもない。ノアは殿で戦う副将軍たちのもとへと急いだ。

（あそこか！）

さすがに精鋭ぞろいで、見事に敵を食い止めていた。だが如何せん多勢に無勢だ。明らかに押され始めていた。驚いたことにティア・ティシアも兵士たちに混じり、次々と敵を倒してゆく。ノアも剣を抜いて参戦した。

「キュロスから撤退命令が出た。俺たちが殿となり被害を最小限に食い止めるぞ」

「いえ。ここは我々に任せ、どうかノア様も撤退を」

副将軍のことばにノアは頷かなかった。確かに彼の側近たちは精鋭揃いだが、その数は百人にも満たないだろう。相手はその何十倍いるのかわからないのだ。

混乱する帝国軍に対し、敵軍はしっかり統率が取れている。これではどちらが蛮族かわからなかった。優位な筈の敵軍が僅かに後退する。若い兵士が後を追おうとしたのを副将軍が止めた。

「深追いするな！」

副将軍が叫んだ次の刹那、ふたたび火矢が放たれた。ティア・ティシアがノアを押しのけてその正面に立つ。

「下がれ、ティア！」

燃え盛る天幕が、退路を塞ぐ。敵兵がふたたび弓に火を灯すのが、遠目に見えた。副将軍が馬を繋いでいた縄を切る。炎に怯え敵陣へ突っ込んでいく馬の群れに、敵兵が怯んだが一瞬だけだ。

己の盾になろうとするティア・ティシアの身を、ノアは背後から庇った。

「ノア様、剣が……ッ」

ティア・ティシアに指摘されて気がついた。腰に提げた剣の鞘から光が漏れている。ノアは聖剣レヴィルを引き抜いた。その刹那。

「──！」

眩しさに目が眩む。肌に迫る灼熱の風が、ふつりとかき消えた。敵の攻撃が何故止んだのか。ノアはまじろぎ、鋭く息を飲み込んだ。

「これは……」

まるで陽炎のように目の前の空気が揺らいでいる。戸惑うノアに副将軍が答えた。

「レオス様の結界と同じもののようです。しばらくはこれで敵の足を止められるでしょう」

どうやら聖剣に込められたレオスの力が発動したらしい。副将軍の言うとおり、敵兵が弓を射ても剣で斬りかかっても壁は破られなかった。

「退くぞ」

野営地の外れで炎から逃れた馬を数頭見つけ、ノアたちは撤退した帝国軍を追いかけた。数刻後には無事合流し、そこからさらに軍は南へと向かった。

やがて第二砦にたどり着く。エゾンの軍に迎え入れられたが、キュロスは副将軍を残し自分はカルナ＝クルスへ戻ると言い出した。

「撤退の際、身体に重度の火傷を負った。これ以上指揮をするのは無理だ」

ノアはエゾンに残り、帝国軍とともに戦うつもりだった。しかし副将軍から、キュロスをカルナ＝クルスへ送り届けるよう頼まれてしまった。本人もそれを希望しているという。

「蛮族の侵攻は我ら帝国軍が命に代えても防ぎます。ノア様はどうか帝都を、城の護りをお願い致します」

クラカと同じ年頃の副将軍に頭を下げられては、ノアに断ることは不可能だ。エゾン軍から馬車を借り、ノアはキュロスを連れ、カルナ＝クルスへと引き返した。

病院へキュロスを叩き込み、元老院へ報告をした足でノアは後宮へ向かった。

「どうして俺があの野郎のおもりをしなくちゃならないんだよ！」

ノアが吠えると、女たちが口々に慰めてくれた。

「ティア様ともども、無事に帰っていらしてなによりですわ」

「そうそう、戦争なんて男どもに任せてればいいのよ」

できるなら今すぐエゾンへ戻りたい。

今なおレオスは遠征中で、戦況もほとんど届かない。もしもエゾンの第二砦が落とされればカルナ＝クルスまで馬で三日とかからないのだ。

呑気な女たちの中で、ネルファひとりが浮かない顔をしていた。

女たちの話題が戦争から流行の帽子の形へと移ってゆく。ノアが長椅子でふて寝していると、ネルファにそっと肩を叩かれた。

ふらりと立ち去る彼女を追って、後宮の奥へ進む。やがて辿り着いたのは彼女の自室だった。

アーリヤがネルファに蕩けるような笑みを浮かべてから、ノアの存在に気づく。彼女が気まずい顔をしたため、ふたりの関係を察することができた。彼女たちは恋人同士のようだ。

「外しましょうか？」

「いいえ、あなたもここにいて。一緒に聞いて欲しいの」

所在なく立ち尽くすノアの前に立ち、ネルファは口を開いた。

「もしも敵が城へ攻め込んできたら、私たちのような女は辱（はずかし）められ、家畜のように扱われるでしょう。死ぬよりもずっとつらい目に遭うわ」

「敵の兵が城にたどり着くことは絶対にない。心配するな」

「私は万が一の話をしているの。万が一、そうなったら――」

アーリヤはネルファと指を繋いだ。彼女たちはしばし見つめ合い、ふたり揃ってノアに向き直った。

「あなたに私たちを救って欲しいの。あなたの手で、そうしてくれるかしら？」

なんという申し出だ。ノアは皮膚に爪が食い込むほど、きつく掌を握りしめた。

「それはおまえたちの総意なのか？　ひとり残らずそれを望んでいると？」

「ええ、総意よ」

アーリヤが悪戯っぽく微笑んだ。ネルファは不安そうな顔でこちらの様子を窺っている。ノアは一度目を閉じ、開いた。

「ならば、承ろう。敵がおまえたちを蹂躙することは決してない」

ほっと安堵の息を吐き出して、ネルファはノアのもとに跪いた。止める間もなく爪先に口づけする。

「我らの命、お預け致します」

「ネルファ、頼むから顔を上げてくれ」

女の細い腕を掴み立ち上がらせる。幸せそうに笑う女たちがつらかった。サロンに戻りながらノアは己に言い聞かせた。

（大丈夫だ、敵が城まで来ることはない。軍がきっと食い止める）

己の下腹を撫でながら、ノアは重たい息を吐き出した。

その夜、帝都は闇に閉ざされた。聖剣に込められた魔力が遂に底をついたのだ。


誰かが啜り泣く声がする。まるでこの世の終わりを嘆くようだった。

月の明かりを頼りにノアは礼拝堂へと向かった。

押しとどめようとする神官を振り払い、聖域へと足を踏み入れる。精霊が棲むという神聖な場所だ。ここで初めてノアはレオスと結ばれた。

（随分昔の話みたいだ）

聖域の中央に立ち、ノアは声を張り上げる。

「精霊よ！」

呼びかけたところで、返事をするものは誰もいない。己の声だけが、岩に反響して木霊のように鳴り響いた。喉から血の味がするほど怒鳴った。

「別に精霊だろうが神様だろうが、この際悪魔だってなんだっていい！　助けてくれ！」

下腹に鋭い痛みが走り、ノアは呻いた。この身に宿った命が、まるで訴えているようだ。怖い怖い怖い。当たり前だ、宿主であるノアが怯えている。

ノアは騎士だ。戦で命を落とすのは怖くない。だが大事な人間が傷つくことに耐えられなかった。彼らを守れないかもしれないことが死ぬことよりも怖かった。

「俺は何を捧げればいい？　おまえらはいったい何を望む？」

レオスが己に託してくれたもの。腹の中のちいさな命。そしてこの国。どちらもノアにとっては等しく重い。何を犠牲にしても守りたいのだ。

「答えてくれ、俺はどうすればいい？　頼む、どうか答えてくれ……」

気がつくとその場に蹲っていた。歯を食いしばり、土塊を掴む。指先が破れ血が流れたが痛みさえ感じなかった。堪えていた涙が目尻からひと粒滑り落ちる。

クスクス、と耳元で笑い声がした。

『願いをするなら捧げ物をしなくちゃ。目玉はどう？　甘い？　しょっぱい？』

『それより声よ。喉を潰してしまいましょう』

『いいえ、いいえ、どちらもいまいち。それよりももっと……』

『髪はどう？　綺麗な藍色の髪よ。なかなか珍しいのじゃなくて？』

天地左右、声はあちこちから聞こえてくる。これは精霊の声なのか。

（たとえ悪霊だろうとかまわない）

カルナ＝クルスを救ってくれるのならば、なんだって捧げよう。

ノアはレヴィルを鞘から引き抜いた。天井から細く漏れる月光がオリカルクムを虹色に煌めかせる。ノアは己の髪を掴み根元から断ち切った。

鼻先を、つっと光の筋が横切る。ノアは光を掴もうとした。

突然、切った髪が燃え上がる。踊る火の粉が一方に集まって、ちいさな少女の姿を象った。本当にちいさい、掌に収まるほどの大きさだ。

『殿方が泣いているわ！』

鍾乳石から滴る水滴が、少女の姿になる。

『いい男よ！』

頬を撫でる風が少女となる。

『泣いてる！』

土がぼこりと起き上がり、ちいさな少女の姿になった。赤、青、緑、黄色。きらきらと光の帯が交差する。ノアは泣き濡れた目をしばたたいた。

『ノムド様、彼を助けてあげて！』

『いい男は、助けてあげなくちゃ』

『ノムド様、いい男よ』

『ええい、ごちゃごちゃと喧しい！』

それは聞き慣れた低い声だ。次の瞬間視界が白く焼けた。咄嗟に両腕で目を庇う。

「汝（なれ）が求めるならば我が力授けよう。カルナ＝クルスを護ろうとするものよ、見事この力を使いこなしてみせよ！」

光が集束する。ノアは恐る恐る目を開いた。

炎をまとった少女、水をまとった少女、風をまとった少女、花と葉をまとった少女。それぞれヴルカン、ニンフ、ジルフ、グノムだ。

あれだけ見えなかった精霊たちの姿を、ノアは今見ている。

「精霊？　精霊だよな。見える、見え……違うのが一体混ざってるぞ」

思わず指を差すと、額に鋭い衝撃が走る。いてえ、とノアは思わず叫んだ。立派な白髭を蓄えた厳しい顔の老人が目の前にぷかりと浮いていた。

「ち、ちいさっ」

「おい小僧！　授かった力を使う前に奪われたいか？」

「その声！　あんた、ノムドだよな」

声から想像していた姿よりも、ノムドはかなりちいさかった。てっきり屈強な老兵士かと思っていたのだが。実際のノムドは四大精霊たちとさほど変わらない大きさである。

ノアはがっくり肩を落とした。精霊の力というからどれほど凄いのかと思いきや、肝心の彼らがこんなにちいさな姿をしているとは。

（まあ、最後に頼れるのは自分の力だよな。敵が百人だろうと千人だろうと、この俺が斬り倒してやれば……）

そんなことを考えていると、ぐいと耳を引っ張られた。

「うわ、いたっ、痛いって！」

「おまえの目つきが気にくわん！　小僧、儂の力を見くびっておるな？」

「いやぁ……そんなことは……」

ノムドがふん、と鼻を鳴らしたかと思うと、その全身が燐光に包まれた。

レヴィルを握った掌に焼け付くような熱を感じる。次に身体がふわりと浮き上がった。悲鳴を上げる間も無く、ノアは空を飛んでいた。

景色が恐ろしい速度で流れてゆく。外套を着ていても凍えるほど風が冷たかった。息ができないが、不思議と苦しくない。

（——）

やがてゆっくりと身体が降下を始める。第二砦と、それを囲む蛮族の兵たちが見えた。夜の闇に紛れ、誰にも見咎められずにノアは砦に降り立った。

見張りの兵士がノアに気づき、すぐに副将軍を呼びに行く。やって来た将軍はノアを見るなり絶句した。

「ノア様、目が……金色に……」

「旗手をひとり貸してくれないか。決して危ない目には遭わせない」

ノアのことばに副将軍の側近がすぐに申し出た。カルナ＝クルスの旗を手に、側近がノアのあとをついて来る。

ノアは砦を出て、敵の陣地へと進んで行った。気がついた敵兵が弓を射ってくる。ノアは鞘からレヴィルを引き抜き、軽く払いのけた。ノムドに注がれた力があふれ、その刃（やいば）が揺らめいている。

旗手に向かって放たれた矢は、ことごとく燃え尽きた。ノムドの力だ。

敵陣の正面まで進み出て、ノアは声を張り上げた。

「我はノア・コルト・カルナ＝クルス！　これなるは始祖アステリオス大帝より授かりし聖剣レヴィルである！」

「借り物だけどな」

せっかくの口上もノムドの呟きで台無しである。ノアは己の肩を睨みつけた。

「我が同盟の領土から直ちに退け、蛮族どもよ。さすれば此度は見逃してやろう。貴様らの悪しき血で、この地を汚すまでもない」

敵の将が突撃の合図をする。ノアは思わず舌打ちした。こちらをひとりと侮っているのだから当然だ。

ノアはレヴィルを両手で握りしめ、大きく振りかざした。ノムドがぴょんぴょん飛び跳ねながら言った。

「よし。やってしまえ、小僧！」

「おうよ！」

剣を大地に振り下ろす。大きく地が揺れ、縦横無尽に亀裂が走った。こちらへ向かっていた兵士たちが次々と大地の裂け目に飲み込まれてゆく。阿鼻叫喚の様相に、思わずノアは呟いた。

「……いくらなんでも、やりすぎじゃないか？」

「否、中途半端に戦えば彼奴等は反撃してくる。拭えぬほどの恐怖を与えねばならん」

やがて地鳴りは止み、割れた筈の大地は元に戻っていた。しかし敵が失った兵士の数は膨大だ。

すくなくとも三分の一は減っているように見えた。

　ノアは声を張り上げた。

「さて、最後のひとりになるまで戦うか？」

　撤退の声が響くと、敵兵は我先にと逃げ出した。背後で旗手が雄叫びを上げる。それに呼応するように砦から男たちの歓声が轟いた。ノアが旗手に礼を言うと、興奮冷めやらぬ様子で側近は副将軍のもとへ戻って行った。

　それを見届け、ノアは思わずその場にへたり込む。膝が笑って立てそうもない。

「どうした、腰を抜かしたか？」

「む、武者震いだって」

　ノアはレヴィルを鞘にしまい、己の掌をじっと眺めた。

「力を得れば、恐ろしいものなど何もなくなるのかと思っていた。でも実際はもっと怖くなっただけだ」

「そうさなあ。小僧がその力を恐れている限り、我らは喜んで従うだろうさ。くれぐれも道を誤るなよ」

「あんたの言っていること、なんとなくわかる気がする」

　ノアは大地をそっと撫でた。レオスに会いたくて堪らない。彼が抱えてきたものはきっとノアよりも遥かに大きいのだ。

　己が奪った命の数と救った命の数を数えようとして、ノアは身を捩り慟哭した。

後悔はするまい。あのまま敵兵が攻めてくれば領土は荒らされ、罪もない多くの民が血を流すことになった。

(目を開けて、己が得たものを見るんだ)

ノアは立ち上がり、膝についた土を払った。広大な大地が目の前に広がる。美しい田園とちいさな家、その遥か向こうにカルナ＝クルスの帝都がある。

ノアは濡れた頬を拭い、髪を整えた。長かった時の名残で指が宙を掠める。

「さてと」

これから何をすべきかはわかっている。帝都に戻り元老院を開いて戦の報告をして——。頭ではわかっているのに、口はまったく違うことを言っていた。

「なあノムド、レオスのところまで飛べるか？」

雑草を褥に寝転んでいたノムドがニヤリと笑ってみせた。

「容易いことよ！」

次の瞬間、ノアは何千もの天幕のあいだに立っていた。地に突き立てられた旗に柊の紋章が見える。カルナ＝クルスの野営地だ。

強烈な目眩を覚え、ノアはその場に膝をついた。喉元に吐き気が込み上げてくる。肩に乗ったノムドが呑気そうに言った。

「これが転移の術よ。世界のどこへでも行けるが、乗り心地はちと悪い。なあにそのうち慣れる慣れる」

「飛ぶ前に……言ってくれ」

倒れて腹をぶつけたらどうしてくれる。戦に出ているのか、それとも食事時なのか天幕に兵士の姿はほとんど見当たらなかった。じっと目を閉じていると次第に目眩が治ってくる。よほどのことがない限り、転移の術を使うのはよそう。ノアはそうこころに決める。

空を見上げると、雲が茜色(あかね)に燃えていた。ひとつの天幕が開き、中から男が現れる。

金色の髪が、陽の色に染まってゆく。ノアは夢中でレオスに抱きついた。

「ノア、か？　どうしてここに……否それよりも貴様、その髪はいったいどういうことだ！」

「俺がどうしてここにいるかより、髪のほうが気になるのか？」

思わずノアが呆れると、肩に乗ったノムドがうんうんと頷いた。

「レオスの坊主は、小僧の髪をえらく愛(め)でておったからのう。こんなに短くされてしまって、泣きださぬか心配じゃわい」

「誰が泣くか！」

ノムドの姿を見て、レオスはすべてを察したらしい。

「その無残な髪については、あとでじっくり語り合うとしよう。ノア貴様、見えるようになったのか？」

「見えるも何も、力だって使えるぞ」

胸を張って答えると、レオスはふと頬を緩めた。

「そうか、よくやったな」

穏やかで慈しみに満ちた表情に、ノアは盛大に赤面した。こんな顔をする男だっただろうか。

「実はな、あんたに内緒にしていたことがあって……」

「なんだと？　いったいなんの話だ」

勿体つけるつもりはないのだが、さすがにこの場で打ち明けるのは憚られる。だからノアはレオスに言った。

「その前にこっちのケリもつけちまおうぜ。そしたら全部話してやる」

「ふん、ようやく精霊の加護を身につけたかと思えば生意気な」

レオスに鞘ごと聖剣を渡した。

「大事な剣を、ありがとう。おかげで大義を果たすことができた」

素晴らしい剣だし名残惜しいが、レオスが持ち主のほうがしっくりくる。天幕から出てきた従者が、ノアを見て目を見張る。レオスは彼に馬を用意するよう言いつけた。

「先に乗れ」

馬にノアを跨らせると、レオスはその後ろに乗った。レオスの腕がノアの下腹に回される。思わずドキリとして、ノアはその手をそっと撫でた。

(あんたの子供が、ここにいるんだぜ)

ノムドが馬の頭に陣取ると、胡座をかいた。

「さあて、蹴散らしに行くぞい！」

レオスが手綱を繰り、馬に合図する。兵士たちが馬上のレオスを見て、ざわめいた。天幕を抜けると馬は凄まじい速さで駆けた。

街道ではなく森の中を突っ切って、突き出た小枝や横たわる大木も危なげなく躱してゆく。

「これって、ノムドの力か？」

「勿論そうよ。喋るな小僧、舌を噛んでも知らんぞ」

やがて森が途切れ、大きな川のほとりに着く。川岸の向こうに敵の野営地が見えた。

敵の大将がレオスの姿を見て息を飲む。側近が弓に矢をつがえようとするのを手で制した。

レオスが敵陣に向かって声を張り上げる。

「余はレオス・アマルナ・カルナ＝クルス。そしてこれなるはノア・コルト・カルナ＝クルス、我が妻だ」

「レオス皇子。供もつれず、いったいどうした？　命乞いにでも来たのか？」

大将のことばにレオスは片頬で嗤ってみせた。自分に向けられると腹が立つが、他人に向けているのを眺めると、妙に胸が弾んだ。

「否。妻にいいところを見せてやろうと思ってな」

レオスのことばにノアは顔を両手で覆った。こんなところで惚気るとはどんな神経をしているのか。さらに言えば、嬉しいと思ってしまう自分も大概である。敵の大将が顔を引きつらせているのが見えた。

「その前に降伏する気はないのか？　無駄な血を流す必要はない」

ノアのことばを聞き、レオスがつむじに口づけてくる。

「ふん、慈悲深きことよ。我が妻に免じ、今降伏するならば余に反旗を翻したこと不問に処すが、どうだ?」

大将の唇が歪む。彼の合図で一斉に矢が放たれた。幾千の矢が空を覆い、視界が闇に閉ざされる。

襲いかかってくる矢を前に、レオスが小気味好く指を鳴らした。

ざざざ、と雪崩のような音を立てて矢が地面に落ちる。

「ノムドみたいに燃やさないのか」

ノアが訊ねるとレオスはきっちり答えてくれた。

「あれを燃やすなどとんでもない。あとで兵どもに拾わせて再利用する」

「あんた俺に格好いいところを見せたいんじゃなかったのか」

「甘いぞ、ノア。国庫は無限ではないのだぞ」

そんなやりとりをしているあいだにも、矢の第二陣が飛んでくる。それに、とレオスは不敵に微笑んだ。

「格好いいところはこれから見せる!」

レオスが聖剣レヴィルを鞘から抜く。彼が剣で空を薙ぎ払うと、鋭い風が湧き、見えない刃物のように敵兵たちを斬りつけた。呆気なく大将の首が飛び、敵兵たちが倒れてゆく。

ノアがもう十分だ、と告げるとレオスは頷いた。

「よく聞け、兵ども! 貴様らの首魁は我が剣に倒れた。まだ抗うというのであれば、その心意気やよし! 我が聖剣レヴィルによって最後のひとりまで根絶やしにしてくれよう」

残った兵たちは、もはや撤退する気力もないらしい。武器を捨て、降伏しだした。その時地鳴りが響き、馬に乗った自軍の兵士たちが到着する。

地に落ちている大量の矢と、降伏している敵兵たちを見て、彼らはあらかた状況を把握したようだ。さすがレオスの率いる精鋭たちである。彼のめちゃくちゃぶりに慣れている。

残った兵士と矢の処理を部下たちに任せ、レオスはノアを連れて天幕に戻った。

「やっと瞳の色が戻ったか。ふん、貴様にはそのほうが似合いだ」

戦に大勝したというのにレオスの顔は渋い。ノアの髪を見て、彼はあからさまにため息を吐いた。どうやら怒っているというよりは落ち込んでいるらしい。

「貴様が精霊たちの呼びかけに応じ、髪を切ったことはよくわかった。ちなみにその切った髪は取ってあるのだろうな?」

「え？　いや、なんか燃えちゃったけど……」

レオスが呻いて頭を抱える。こんな彼の姿は初めて見る。別に自分は悪くないと思うのだが、ここまで落ち込まれると多少は罪悪感が湧いてくる。

ノムドが呆れて呟いた。

「髪くらいでなんと大袈裟な。放っておけばまた伸びてこように……」

「元の長さに戻るまで何年かかると思っておる！　あの滑らかな指通り、艶めきが失われてしまったとはなんという悲劇か」

こんな状態の彼に告げるには少々気が引ける。しかしこのまま黙っているわけにはいくまい。ノアは恐る恐る切り出した。

「レオス、聞いてくれ」

じろり、と血走った目がこちらを見る。意を決しノアは告げた。

「俺な……その……赤ん坊が、できた」

その刹那、レオスは無言のまま固まった。

ひょっとして、男が孕むなどやはり気味が悪いだろうか。ノアが心配に思っていると、レオスは天幕をつき破るほど大笑いした。

相手の正気を訝しんでいると、ふいに息が詰まるほどきつく抱きしめられた。緊張で強張っていた頬が緩んでゆく。

「レ、レオス……？」

レオスは満面の笑みを浮かべて言った。

「でかした、我が妃よ。貴様も腹の子も、余が必ずや護ってみせよう」

己の頬を撫でる温かい指を掴み、そっと唇を押し当てる。ノアは答えた。

「それでは俺は、あんたと、あんたの国を生涯かけて護ってやる」

この腹の子供ごと。そう、胸の中で付け足したのだった。

戦に勝利し、ふたりは国へ戻った。

ノムドの転移の術は腹に障るかもしれないと、断固レオスが拒否したため、馬車での旅は十日間に及んだ。

兵士たちとともに帝都に凱旋する。人々はレオスたちを熱狂的に迎えてくれた。彼らはノアの名とレオスの名を交互に叫んだ。

城に辿り着く最後の広場で、馬車が止まる。多くの人々に見守られながら、レオスはノアの前に跪いた。彼の唇がまだ膨らまないノアの腹に口付ける。

国民たちの歓声が止むことはなかった。

エピローグ

夜空に色とりどりの花火が打ち上げられる。

レオス・アマルナ・カルナ＝クルスは無感動にそれを眺めた。ひとりきり彼はテラスに佇んでいる。結界を張っているため、誰もここには入ってこれないのだ。

レオスはカルナ＝クルス帝国の皇太子で、今日は彼の二十歳の誕生日だった。大広間では舞踏会が開かれて、賑やかな音楽やさざめくような話し声が漏れ聞こえてくる。

レオスは己の婚約者であるアイロスの姫へ視線を向けた。見知らぬ紳士に話しかけられて、彼女は控えめな笑みを浮かべ答える。美しいが虚ろな姫だ。

今夜レオスは彼女と結ばれる。しかし彼は、あの姫がこころから笑う姿をまだ見たことがなかった。見知らぬ紳士へ向けるのと同じ顔で、彼女はレオスに微笑みかけるのだ。

『相変わらずお人形みたいなお姫様。アレのいったいどこがいいの？』

ランタンの炎からヴルカンが姿を現した。レオスが息を吹きかけると精霊はフッとかき消える。

レオスは婚約者へ視線を戻し、その整った眉を僅かに顰めた。

若い男が姫に話しかけている。見たことのない顔だ。服装はそれなりに上等で、物腰も洗練されている。

婚約者の姫君は困惑気味に微笑んで、男の相手をしていた。しばし様子を見ていたが、男は少々執拗だった。

（どこの田舎貴族だ）

レオスは結界を解き、衛兵を呼ぼうとした。そのときだった。

『あらまあ、あの娘、あんな顔もできるのね！』

ふたたび現れたヴルカンが大きな声を上げる。レオスは思わず目を見張った。人形のような姫が、声を上げて笑っている。レオスにとってそれは信じがたい光景だった。

「あの男――彼奴も魔法を使うのか？」

『いいえ、魔法は使っていない。あれは生粋(きっすい)の女たらしね』

レオスにとっての結婚とは、国と国を結びつけるための手段にすぎない。

（誰もおまえを愛さない。実の母親にさえ憎まれていたおまえが、誰かに愛されると思うか？　確かにおまえはカルナ＝クルスの帝王になるだろう。誰にも愛されぬ孤独な帝王にな）

そう、レオスに言ったのは異母兄のキュロスだ。

レオスの母は彼が五歳の時に自らその命を断った。夫であるカルナ＝クルス帝王を憎み、それ以上に息子を激しく憎みながら、レオスの母は自死したのだ。

（くだらぬ……）

レオスにとってはカルナ＝クルス帝国こそがすべてだ。帝国の繁栄と存続のためならば世界中の人間に憎まれてもかまわなかった。

結婚相手も同じことだ。子が産めるのなら、誰だろうとなんだろうとよかった。

（人形の姫を笑わせるか。そんなことが、魔法を使う以外に可能とはな）

アイロスの姫が、若い男と踊っている。ダンスはあまり得意ではないと言っていたが、今の彼女はひどく楽しそうだった。

（まったく、信じられん）

気がつけば婚約者ではなく男の姿を目で追っていた。遠目からでも長身で均整の取れた身体つきなのがよくわかる。姫の細腰を抱く腕は逞しかった。

おどけているが、時折油断のならない視線であたりの様子を窺っている。上等な衣服に身を包んでいても、あれはきっと兵士だ。

踊りが終わり、姫と男が見つめ合った。やがて男が姫の手を取り、耳元で囁く。まるで初めて恋した少女のように目尻を赤く染め、姫はちいさく頷いた。

（よいのか、アイロスの姫君よ。そこから先は破滅の道）

ふと男がこちらを振り向いた。視線を重ねるには互いの距離は離れすぎている。

夜空にふたたび花火が打ち上げられた。男の耳元で真珠色の耳飾りが煌めく。偽物ではない純正のオリカルクムだ。

男が少し瞼を伏せると、思いのほか長い睫毛が滑らかな頬に影を落とす。光の加減なのか唇が妙に赤く見えた。どこからどう見ても男だ。なのに無性に惹きつけられる。

人混みの向こうから、アイロスの姫の侍女が、飲み物を手に戻ってくるのが見えた。ふたりはまだ気づいていない。このまま放っておけば、侍女が姫を止めるだろう。そして――。

男は違う女を探しに行き、レオスは決められていた通り、あの姫と結婚する。

迷いはなかった。ランタンの炎に指を差し入れ、精霊(ヴルカン)を引き出す。

「あのふたりに逢瀬の時間を作ってやりたい。侍女の足を引き留めろ」

『ふうん？　あなたが何を考えているのかわからないけど、こういうのってワクワクするわ！』

ヴルカンが一瞬で侍女のもとへ飛んでゆく。つづけて、飲み物をひっくり返した侍女の悲鳴が届いた。花火の音で、侍女の声はかき消される。

階段をのぼってゆくふたりの背を眺め、レオスは薄く微笑んだ。

(貴様のような人間の目に、世界はどのように映る？)

ただ、それを知りたかった。ひと際大きな花火が、夜空一面に打ち上げられる。結界を解きレオスは大広間へと足を踏み入れた。

■あとがき■

このたびは『傲慢王子と叛逆の花嫁』をお手に取って頂き誠にありがとうございます。今回の作品でなんと五冊目の文庫本になります。

未だに信じられない思いでいっぱいなのですが、すべて関係者各位、読者の皆様のおかげです。本当にありがとうございます！

五冊目にして、いまだにあとがきに悩んでしまうのですが、今回は作中であまり触れられなかった設定などをまとめてみようかと思います。


【キャラの名前について】

ミドルネームは母親の旧姓です。これは自分の父も母もちゃんとした家柄の人間なんですよ、ということを示すためのものなので、王侯貴族以外には意味がありません。なので、基本的に庶民はミドルネームを名乗りません。


【貨幣について】

銅貨銀貨金貨を使っています。銅貨三百円、銀貨三千円、金貨三十万円くらいのレートです。一般に流通しているのは銀貨までです。金貨を手にすることなく生涯を終える庶民も多いです。

【作品の舞台について】

地球の中世西ヨーロッパあたりにものすご～く似ているどこかの世界になります。


ここまでお目を通して頂き、恐縮です。

末筆になってしまいましたが、美麗かつ素晴らしく格好良いふたりを描いてくださった石田要先生(ラフの段階から本当に素敵で、作業中眺めては励みにさせて頂きました)、今回も多大なご迷惑をおかけしてしまった担当O様(いつもありがとうございます&申し訳ありません!)そしてそして、今あとがきを読んでくださっている皆様に、こころより感謝申し上げます。

それではまた、お目にかかれますように!

鹿嶋アクタ拝

初出
「傲慢皇子と叛逆の花嫁」書き下ろし

この本を読んでのご意見、ご感想をお寄せ下さい。
作者への手紙もお待ちしております。

あて先
〒171-0014東京都豊島区池袋2-41-6
第一シャンボールビル 7階
(株)心交社　ショコラ編集部

傲慢皇子と叛逆の花嫁

2017年12月20日　第1刷

著　者:鹿嶋アクタ
発行者:林 高弘
発行所:株式会社　心交社
〒171-0014　東京都豊島区池袋2-41-6
第一シャンボールビル 7階
(編集)03-3980-6337 (営業)03-3959-6169
http://www.chocolat_novels.com/
印刷所:図書印刷 株式会社

好評発売中！

魔王様、弱くてニューゲーム

鹿嶋アクタ

イラスト・亜樹良のりかず

さあ僕の性奴隷になると誓ってください。

400年前、美しき魔王は最強の勇者（しかしゲス）に敗れこの世から消えた。そして現在、復活した魔王は教師として高校に潜入し、転生した勇者――17歳の草彅勇人をぶち殺す機会を狙っていた。だが一見爽やか優等生の草彅は、実は前世の記憶も力もゲスい性格も引き継いでいて、魔王の攻撃は効果なし。「僕の性奴隷になってください」という草彅の要求に、手下達のため死ぬ訳にはいかない魔王は、無垢な身体を泣く泣く差し出すが…。

淫魔にもできる簡単なお仕事です

鹿嶋アクタ

イラスト・亜樹良のりかず

セックスしないと死んじゃうんだけど!?

完璧な美貌の人気俳優・理人の正体は淫魔。人間の精気が食料なのに、堅物マネージャーの瀬能が女の子と遊ぶのを許してくれない。セックス依存症と偽って同情を引こうとした理人に、瀬能は言った――「わ、私としませんか」。男とは寝ない主義の理人も腹ペコには勝てず、瀬能に抱かれ気絶するほどの快楽に溺れてしまう。だが目覚めた時、理人の股間には魔力を封じる貞操帯が嵌められ、瀬能は別人のように冷酷になっていて――!?